占い館リヒトミューレ

著　さとみ桜

マイナビ出版

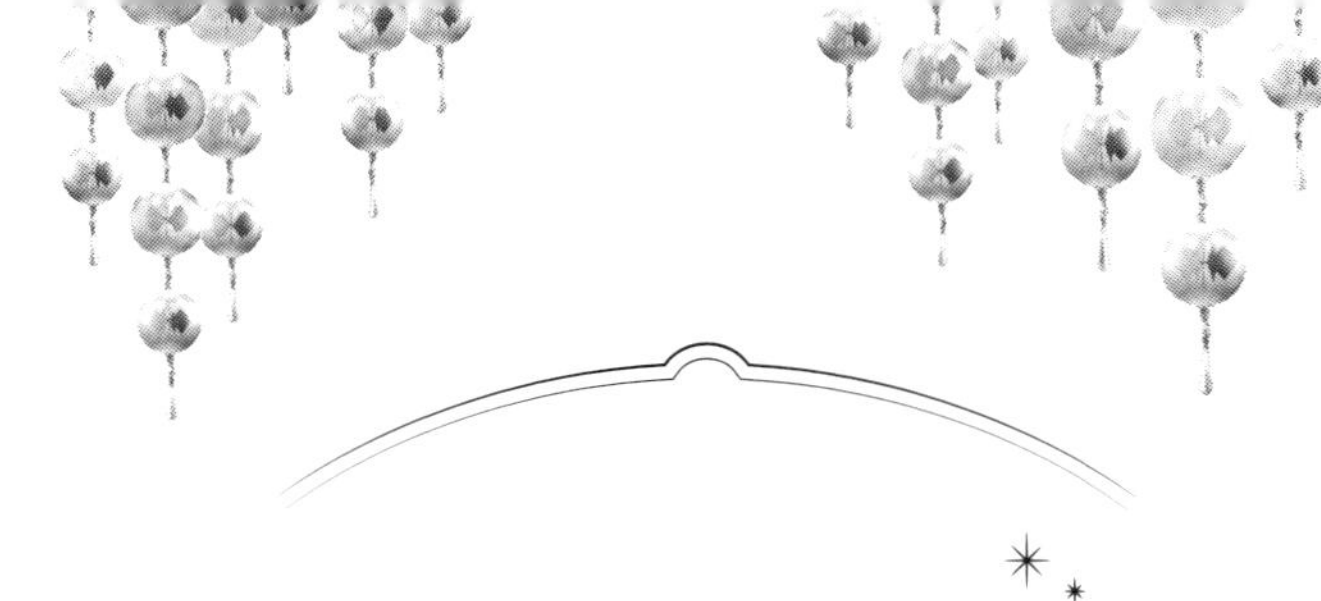

CONTENTS

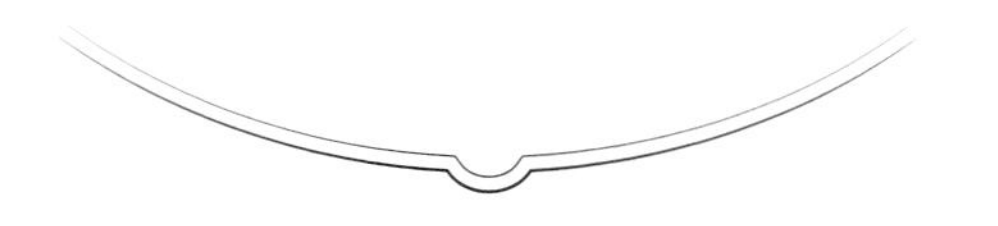

Episode.01

占い館リヒトミューレ

「危ないですから黄色い線の内側までお下がりください」

毎朝、毎晩、聞き慣れたアナウンスがホームに流れた。

もうすぐ終電がやってくる。一日の仕事を終えて、やっと帰ることができるのだ。うつむいたわたしの視界に映るくたびれたパンプスも、早く解放されたがっていることだろう。でも、もう、アパートに帰ることさえ面倒だった。

アナウンスを聞き流す耳に、上司の言葉が蘇る。

「いつまでそんな仕事をしてるんだ、市川(いちかわ)」

「仕事が終わらないなら休日に出てこい。給料が出ると思うなよ」

サプリメントの通信販売をする会社に就職して、一年が経つ。なかなか就職先が見つからず、なんとか滑り込んだ職場だった。病床の母を安心させるために、どんな会社でもいいから、とにかく就職さえできればよかった。だから思い入れのある職場ではない。けれど、それでも別に、業務をおろそかにしてきたつもりはなかった。たぶん、機嫌の悪い上司にとって、文句を言わず黙ってうつむいているわたしが、都合のよいサンドバッグだっただけなのだ。

パサついた髪の隙間から、ホームで電車を待つ人たちを覗き見た。

夜遅くでもホームにはいつも人がたくさんいる。年齢も性別も、生まれた場所も違う人たちが、同じ電車を待っている。

「なんでこんなこともできないんだ」

「真面目にやってるのか？」

「やる気がないなら帰れ」

同僚たちは上司に嫌味を言われるわたしなどいないかのように、こちらへちらりとも目を向けない。誰ひとりとして助けてくれる人はいなかった。

上司に嫌味を言われるのがわたしの仕事なのだ。

電車の音が近づいてくる。

今、ホームから飛び込んだら、何もかも全部終わるんじゃないだろうか。

ふと思いついたその考えは名案に思えた。

嫌味な上司にも、無関心な同僚にも、もう会わなくてよくなる。

ただ、飛び込むだけで解放されるのだ。

(いいじゃない。どうせわたしは長生きなんてできないんだし)

ふらりと身体が傾いた、そのときだった。

目の前に真っ赤な血に濡れた女性が腕を広げて立ちふさがった。頭から顔は半分つぶれていて、それなのにその視線はまっすぐわたしに向けられている。

形のよい唇がはっきりと動いた。

びくりと肩をふるわせて身を引くと同時に、風と共に電車がホームに入ってくる。

女性の姿はもう見えなかった。

彼女はおそらく、とうにこの世を去った人だ。わたし以外には見えていない。わたしには、そういうモノが見えるから。

でもわたしはいつだって、それから目を逸らしてきた。幽霊と呼ばれるモノ、妖怪と呼ばれるモノ、ときには神と呼ばれるモノたちが見えるのに、見えないふりをしてきた。

（それなのに……）

無視してきた、いないと思い込もうとしてきたモノに、救われたみたいだった。

電車の扉が開き、立ち尽くすわたしを避けるように、ホームに並んでいた人たちが車内へ吸い込まれていく。

発車のベルが鳴り、乗るはずだった電車が走り去っていくのを見送って、やっと、顔から血の気が引いた。

自分が今しようとしていたことが急に怖くなって駅を飛び出す。背の高いビルが無言で建ち並ぶ、店の明かりさえまばらな街をただ走った。

あの血まみれの女性が止めてくれなかったら、きっと今頃彼女と同じ姿で線路に横たわっていただろう。

（死ぬつもりなんて、なかったのに）

しばらく走って足を緩めた。走ったのなんていつぶりか思い出せない。息が切れて胸が痛み、頭がぼんやりとする。

駅と会社の行き来しかしたことのない街で、自分が今どこを歩いているのかもわからなかった。

「本当に使えないな！」

「おまえの代わりなんていくらでもいる！」

「おまえのような役立たずは、生きている価値もない！」

上司の言葉と同僚の冷たい背中が蘇り、唇を噛んだ。

悔しかった。そして何よりみじめだった。

会社でうまく立ち回ることもできず、上司に嫌味を言われ、追い詰められたあげくに電車に飛び込もうとした。もし死んでいたら、きっと「せいせいした」と言われたことだろう。そして見ず知らずの人には「電車が遅れた。迷惑だ」とか「死ぬなら誰もいない山の中で死ねばいいのに」とか言われるのだ。どうして死んだのか、死ななければならなかったのか、知りもしないくせに。

わたしだって、人身事故で電車が遅れたら同じことを思うから、わかる。

大通りの、歩く人もほとんどいなくなった歩道をふらふら歩きながら、目の前に飛び出してきた女性の顔を思い出す。整っていて、わたしよりもずっと綺麗だっただろうあの人は、どんな辛い思いを抱えていたのだろうか。理由はわからないけれど、彼女はきっと電車に飛び込んだことを後悔したのだ。だからわたしを止めてくれたんだろう。だって、彼女の唇ははっきりと動いた。

「死んじゃ駄目」

と。

飛び込まなくてよかったと思う。だが、生きているからには明日も会社に行かなくてはならない。

もしかしたら、さっき死んでしまったほうがよかったのかもしれない。どうせ長生きなんてできないんだし、わたしが死んで悲しむ人なんていないんだから。

足が止まってしまった。

前に進めず、かといって引き返すこともできず途方に暮れていると、閉店時間が過ぎて明かりが消えたカフェの傍ら、ビルの地下へ続く階段の入口に、シンプルな黒い看板が立っているのが目に入った。クリップライトに照らされたそこには『占い館リヒトミューレ』と書いてある。その隅に、とってつけたようにチラシが一枚貼られていた。

『事務員募集中』

『予約の管理・受付業務など』

転職、という言葉が頭をよぎった。けれどすぐに上司の声が聞こえてくる。

「おまえみたいなグズは、どこに行ったって同じだ」

新しい職場に行ったところで、同じような上司や同僚から嫌がらせを受けるだけかもしれない。だってわたしはいつもうつむいていて、暗くて、周囲から嫌がられてしまうから。

あらためて占い館の看板を見る。

これまで占いに興味を持ったことはなかった。ときどき目にする星占いで、自分の星座の運勢が一位なら少し嬉しくて、最下位ならがっかりするくらいだ。ショッピングモールに出店している占い師さんを見かけたこともあるけれど、わざわざ占ってもらおうなんて考えたこともなかった。

そもそも人は何故占いを求めるのだろうか。昔は政治さえ占いに支えられていたと何かで読んだ。わからないこと——例えば未来を知ることができれば安心できるから？未来がわかれば選択に迷うこともないのだし。

でも未来なんてわかるはずがない。ならばそれでも占いを求めるのは、相談相手を求めているとか？

一度占ってもらおうか、と思うと同時に、自分のその選択に不安になった。

わたしはあまり話すのが得意ではない。カモにされたりしないだろうか。悪い占い師に騙されて、お布施のようにお金を貢ぐようになった人の噂を聞いたことがある。強引に話を進められたら逃げられないかもしれない。

ここは一度、お店のクチコミを調べてから出直すべきだろうか。でも、こんなときに〝占い〟の看板を見つけ、転職を勧めるかのように求人広告が貼り出してあるのも何かの縁のような気もする。

しばし考えた結果、わたしは思い切って階段を降りることにした。

殺風景な階段を降りた先に、飾りっ気のない木の扉があった。『占い館リヒトミューレ』と書かれた小さなプレートがひとつ、申し訳程度に貼りつけられている。

ここまで来て、もしかしたら完全予約制なのかもしれないと不安になりながら、恐る恐る扉を開ける。

おどろおどろしい装飾があるのかと思っていたが、予想に反して光があふれる室内に驚いた。目の前のカウンターや壁際で、不思議なガラス球がきらきら輝いているのだ。ランプのように置かれていたり、風鈴のように吊り下げられているそれは、色や模様、形も大きさも様々だ。ただすべての球の中で四角い羽根がくるくると回っている。

電源があるようには見えないが、どうやって回っているのだろうか。

不思議に思いつつ無音で回り続けるそれを見ていると、カウンターの奥からベストにスラックス姿の男性が顔を覗かせた。

「いらっしゃいませ」

とんでもなく端整な顔立ちにほほえみを浮かべているのを見て、思わず後じさる。テレビや雑誌で見るモデルやアイドルだって、こんなに整った顔をしていない。とても直視できずに目を逸らしてしまった。

「あ、あの……」

この店の扉を開けたことをさっそく後悔した。ここはきらきらした人が来るところだ。わたしみたいな暗くて地味な人間が来るところではない。くたびれたスーツにはげ落ちた化粧、ろくに手入れをしていない髪の自分が急に恥ずかしくなる。

「わ、わたし……」

「それね、リヒトミューレというんです」

男性の穏やかな声に、引き返そうとした足が止まった。

「リヒトミューレはドイツ語で、英語ではラジオメーターと呼ぶそうです。羽根の片面が黒いでしょう？　この面に光を受けると熱を発して、その力で羽根が回るんです。つまりソーラーエネルギーですが、光が力になるなんて面白くないですか？」

指し示されたガラス球の、その中へ目を向ける。よく見てみると、くるくる回る黒く四角い羽根の片面は銀色だ。

「光が力に……」

「太陽の光だともっとよく回りますが、白熱灯ではこれくらいですね」

ちらりと見やれば、にこりと笑った男性は軽く頭をさげた。

「私は占い館リヒトミューレの占い師で、早乙女利人と申します。よく芸名か源氏名かと訊かれますが、本名です。ドイツ語で光という単語と同じ音ですが、親からは〝人のために尽くせるように〟という意味をこめて名づけたと聞いています」

「リヒトミューレのリヒトも？」

「光という意味です」

「……光、早乙女さんには似合っていると思います」

普段は気のきいたことのひとつも言えないわたしの唇から、ぽろりと言葉が漏れた。

「ありがとうございます。私はこの羽根を動かす光のように、お客さんたちに一歩を踏み出す力を与えられたらいいと思って、この店の名前も『リヒトミューレ』にしたんです」

早乙女さんはそう言って、カウンターから一枚の紙を取り出した。表の看板に貼られていた求人のチラシだ。

「お客さまは占いですか？　それとも、こちらを見ていらっしゃったのでしょうか？」

「いえ、占ってもらおうかと思って来たんですけど……、わたし……」

「これ、読まれました？」

看板に目を向ければ絶対に視界に入るように貼ってあったので、熟読するかどうかは人によるだろうが、誰だって見出しくらいは読むのではないだろうか。

「はい、求人の。ちょうど転職を考えていたので、何か縁を感じて、占ってもらおうかと思って来たんです」

ぽつぽつと事情を説明すると、早乙女さんは自分が手にした紙をまじまじと見る。そしてあらためてこちらへ目を向けた。

「単刀直入におうかがいしますが、幽霊や妖怪が見えるのではないですか？」

その言葉に目を見張り、とっさに顔を逸らした。

「……何を、言っているんですか？　そんな……」

動揺に、嫌な汗が背筋を流れ落ちる。

「そ、そんなもの、いるはずないじゃないですか」

実際は見える。

たぶんそれは、祖母から受け継いだ能力だ。母方の祖母はいろいろなものが見える人だったらしい。そのため母はわたしが何を言っても気にしなかった。

けれど学校ではそうはいかなかった。教師からは「落ち着きがない」と言われ、同級生からは「いつもきょろきょろして、おどおどして、何もないところを見てびくびくしているのが気味悪い」と言われた。

だからわたしは誰とも——何とも目を合わせないようにした。いつもうつむいて無口でいるようになった。

こんな力がなければよかった。この力のせいで、なんとなく遠巻きにされたあげくに嫌がらせをされるようになって、友達もできなかった。家族を早々に失うことになったのも、きっとこの力のせいなのだ。

顔が強ばっているだろうわたしに対し、早乙女さんは笑みを浮かべたままチラシをひらりと揺らした。

「実はこのチラシの文字、見えない人には見えないんです」

「え……？」

「こんなふうに」

　チラシの文字が揺らめき始め、まるで小さな虫のように走り出したかと思ったら、ひとつになって細長く伸び、早乙女さんの手に絡みついた。

「蛇……ですか？」

「何であるのかは私にもわかりません。妖怪の仲間だと思うんですが。この子はこうやって集まって文字や絵を作ってくれるんです。普通の人には見えないんですよ。だからときどき、『看板に貼ってある白い紙は何か意味があるんですか？』と訊かれることがあります」

「じゃ、じゃあ……」

　恐る恐るうかがってみると早乙女さんは笑みを浮かべている。

「早乙女さんも、見えるんですか？」

「視界を共有することはできないのでまったく同じモノだとは言えませんが、たぶん似たモノは見えていると思います」

　早乙女さんの顔を見つめ、やっとのことで口を開く。

「わたし、見える人と話すのは初めてです」

「探せば意外といるんですよ」

カウンターから出てきた早乙女さんに勧められて、わたしは待合の丸いテーブルの椅子に腰をおろした。その向かいに早乙女さんが座る。

黒い蛇は早乙女さんの手からテーブルへ伝いおり、どこかへ消えていった。思わず目で追ってしまい、慌てて逸らす。けれど彼も同じモノへ視線を向けていることに気づいた。

ここでは見えないモノに目を向けてもいいのだ。早乙女さんにも見えているのだから。

「妖怪とか幽霊とか、なんと呼ぶのが適切なのかわかりませんが、とにかく実体のないエネルギー体？　そういうモノが見えるというのは、嗅覚が優れているのとなんら変わりないと思うんです。ほら、春の匂いがするとか、雨の匂いがするとか、わかる人とわからない人がいるでしょう？　それならエネルギー体が見える人と見えない人がいたっておかしくないですよ」

「そう、でしょうか」

「例えば古い家屋の天井の染みを見たときに、ただの染みに見える人もいれば、人の顔に見える人もいるし、それが動いて笑っているように見える人もいるでしょう？　人間の想像力によって、人には見えるモノが変わってきます。私たちはそれよりももう少し、何か違う力の影響で、別のモノが見える。それだけです」

　にこにこと穏やかに話す早乙女さんを見ていると、そういうものなのかなと思えてしまうのが不思議だった。

　見えることについて深く悩む必要なんてないのかもしれないと。

「この占い館にやってくるのは人間だけではないんです。妖怪とか神とか呼ばれる――私はひっくるめて〝あやかし〟と呼んでいるんですが、そういうモノたちもいます。こんなご時世なので、彼らの多くが人間にまぎれて生活しているのですが、やっぱり勝手が違うでしょう？　悩み事も多いようなんです」

「悩みがあるのは人間だけではないんですね」

「ええ。でも彼らには実体があったりなかったり、実体があっても見た目が人間や動物とかけ離れていたり、うまく化けられなかったりと、それぞれ事情がありまして。できれば実体のないモノも見ることができる人に手伝ってもらいたいと思って事務員を探しているんです。ただ、見えてかつ求職中の人は、さすがにそんなに多くはないみたいで、あの貼り紙を貼ってから早一年です」

　溜息をついた早乙女さんが、スマートに立ちあがった。

「申し訳ありません。占いにいらしたんですよね。こちらへどうぞ」

案内されたのは待合とカーテンで仕切られた部屋だった。ふわりとかすかにお香のような匂いがする。

奥の壁一面の書棚を背にして、早乙女さんがテーブルに向かって座った。テーブルにはベルベットのような艶やかな布が張ってある。光の加減でゆるい曲線の模様が浮かんで見えた。

勧められた椅子に腰かけると、早乙女さんはカードの束を手に取る。

「占いは初めてですか？」

「はい」

「占いというのは、一種のエンターテイメントです。悩みを解決する指針を示して、選択を後押しすることはできますが、娯楽のひとつでしかありません。少なくない人が、占いに自分の選択の正しい答えを求めますが、選択による結果に、正しいも誤りもありません。自分自身で選んだのであれば、結果がどうなろうとそれが正しい選択なんです。ですから占い師は占いというツールを使って、アドバイスをすることしかできません。占いに依存して自分で選択ができなくなってしまうのは、いいことではありませんからね」

「わかりました」

うなずいたわたしに、早乙女さんが手にしたカードの束を見せる。

「私はこのタロットカードを使って占います。魔女が呪いに使っていそうで怖いと言われることもありますが、これはただのカードです。不思議な力が宿っているわけではありません。私やあなたの目が人よりも多くのモノを見るように、特別なものが見える人もいるでしょうが、カード自体は人間に意味を与えられただけの絵札です。意味さえ与えれば、カルタでも花札でも占えます」

絵柄を上にして、カードがテーブルに広げられた。中世風のイラストで、人物や物が描かれている。

「これはタロットカードの中でも一番スタンダードなカードなんです。タロット占いは大アルカナと呼ばれる二十二枚だけで占うこともできますが、多くは小アルカナと呼ばれる五十六枚を加えて七十八枚のカードを使って占います。上向きの正位置、下向きの逆位置で意味が変わってくるので、単純計算で百五十六通りの答えが得られます」

早乙女さんは、広げたカードを器用にまとめてひとつの束に戻した。

「そんなにたくさんの意味を覚えているんですか？」

「そうですね。ただ、絵柄から読み取ることが多いので、おおまかな意味さえ覚えてしまえばそれほど難しくはないんですよ。例えばこれは金貨――〈ペンタクルの2〉なんですが」

束から抜き取られたそのカードには、ふたつの金貨でジャグリングをしているような男性が描かれている。

「大道芸みたいですね」

「はい。ふたつのもののバランスが取れているとか、取ろうとしているとか、どちらにしようか迷っているといったカードです。AかBか選ぼうとするときにこのカードが出ると、どちらも選べないという意味になります」

そう言われてみると、カードの中の男性は、バランスを取ってジャグリングをしているだけでなく、どちらのコインがよりいいものか迷っているように見えなくもない。

早乙女さんはもう一枚選んでテーブルに置く。

「あと、これは剣――〈ソードの8〉ですが」

目隠しをされて身体をしばられた人物が、地面に突き立てられた八本の剣に囲まれている絵だ。何も見えないし、動くこともできない。動けたとしても周囲の剣で怪我をしてしまいそうだ。

つまり、

「動けないんですか？」

「そうです。考えに囚われて身動きが取れなくなっている状況を表しています」

「なんだかちょっと、なんとなくですが、わかります」

早乙女さんはにこりと笑って、二枚をわたしの前に並べて置いた。

「ですからむしろ、カードを並べたときに、他のカードとの関係性を読み取るほうが難しいです。この二枚だと、バランスを取ろうとしているけれど、それが難しいのかもしれない。AかB、どちらかを選ぶことで、身動きが取れなくなってしまうのかもしれない。そうやって他のカードと組み合わせて相談内容に適する意味を見いだそうとすると、百五十六通りではすまなくなります」

「想像力を試されますね」

「そういうことです」

二枚のカードが束に戻される。

「さて、何を占いましょう。転職についてですか？」

早乙女さんは言いながら、カードをテーブルに広げて両手で混ぜ始めた。

「えっと……、転職も含めて、これから、どうしたらいいのか……とか」

「今のお仕事は辞めたいんですか？」

「……そう、ですね。その、いろいろと、うまくいかなくて。ただ、転職してもうまくいくかわからないので」

「では、どうしたら今よりもうまくいくようになるか占いましょう。お名前をうかがっても？」

早乙女さんはテーブルに広がったカードを集めて、ひとつにまとめる。

「市川、優凪（ゆな）です」

「優凪さんですね」

早乙女さんは器用にカードを切ると、それを三つの山に分けて、テーブルの中央に並べた。

「左手で、好きな順番に重ねてください」

そう言われて、真ん中の山に、左、右の順番で束を重ねる。すると早乙女さんはふたたびカードの束を手にして、左手で選んだカードを、絵柄を表にしてわたしの目の前に一枚置いた。

「これが過去になります。〈聖杯（カップ）の8〉です」

杖をついた男性がうつむきがちに、八個のカップに背を向けて歩いて行く姿が描かれている。あまり元気がなさそうだ。

「現在は、〈ソードの9〉」

二枚目はわたしのほうから見て一枚目の左斜め上に置かれる。九本の剣が壁に飾られた部屋の中、女の人がベッドの上で頭を抱えている。今のわたしそのままで、ぶわっと鳥肌が立った。

次のカードはその右真横に、少し間を空けて置かれた。

「未来は、〈塔〉の逆位置。私のほうから見て反対向きですから、逆位置といいます」

向かいに座るわたしから見ると正しい向きに見えるそのカードの絵は、雷が落ちた塔から人がふたり飛び降りている。背景は黒くて、いかにもあまりよい意味ではなさそうだった。

早乙女さんはその三枚をじっと見つめ、何も言わないままふたたび束からカードをめくる。今度は一枚目からいくらか上に置かれた。

「これが、優凪さんへのアドバイスのカードになります。〈ソードの6〉です」

剣が六本突き立った小舟に、親子らしき大人と子どもが乗っている。まるでどこかへ逃げようとしているようだ。

そしてその右斜め下、三枚目の下に置かれたのは、天使が両手に持ったカップの水を入れ替えている絵のカードだ。わたしから見て正しい向きなので、逆位置というものだろう。

「周囲の状況は〈節制〉の逆位置です」

その左真横、二枚目の下に次のカードが置かれる。

「これは優凪さん自身の気持ちで、〈戦車〉です」

戦車らしき乗り物に乗った男性と、白と黒のスフィンクスのような動物が二頭描かれている。

最後の一枚は、六枚のカードの真ん中だ。

「これが結果になります。〈ペンタクルのA（エース）〉ですね」

雲から伸びた手が、大きな金貨を支えている。

「タロット占いで見られるのは、だいたい一ヶ月から三ヶ月程度の未来までです」

三列の左右に縦二枚、真ん中に縦三枚と並べられた七枚を、早乙女さんは並べた順に指先でなぞる。

「これはヘキサグラムという展開法（スプレッド）です。上向きの三角形と、下向きの三角形で六芒星（ヘキサグラム）の形になっています。あと、真ん中に一枚」

早乙女さんは七枚のカードをしばらく見つめてから口を開く。

「今はあまりよい状態ではないようですね。現在を表す〈ソードの9〉は、頭を抱えてしまっています。どうしたらいいのかわからない感じです。それは周囲が〈節制〉の逆位置で、人間関係がよくなかったり、ストレスを抱えていたりしているからかもしれません。天使がふたつのカップの水を入れ替えているでしょう？　その反対の意味ですから、流れが滞っている、つまり澱みがありそうです」

職場が思い浮かんでお腹が痛くなってきた。澱んだ水路のようだと言われれば、まさにそうだから。

「そもそも優凪さんにとってあまり興味を持てない仕事なんでしょうか。過去に出た〈カップの８〉の絵は、カップに背中を向けてしまっています。頑張ろうと思っても、気持ちがついてこないのかもしれません」

〈カップの８〉の男性が背を向けているのが仕事と思ってあらためて見てみると、とにかく就職できればいいと思って選んだ職場だったことを見透かされているように思えた。

早乙女さんが〈塔〉のカードを指さす。

「この、未来に出た〈塔〉は、衝撃的な出来事を表すカードです。雷は神の怒りで、塔に落ちた雷が王冠を吹き飛ばしています。危機であったり、変化の予兆なのですが、今回は逆位置なので、トラブルが起こるとか、そうなる前に今こそやり直すとき、出直しのタイミング、という意味になります。ですから、今の職場があまりいい環境ではなく、あなたが望んでいるのであれば、今が転職のタイミングと読めます」

　たしかに今の職場は辛く、転職をひとつの選択肢として考えた。だから、その選択の後押しをしてくれる占い結果は、嬉しいはずだった。でも、諸手をあげてそれを選ぶことができない。

「優凪さんの気持ちに出た〈戦車〉は、強い力で前に進んでいくというカードです。順調に物事が進むときにもこのカードが出ます。優凪さんは今、この戦車に乗っていて、あとは前に進むだけでいいということです」

「でも、うまくいくんでしょうか。転職したって何も変わらないかもしれないですよね」

　そんなことを言われても早乙女さんも困るだろうけれど、わたしの不安は突き詰めればそこに辿りつくのだ。

「もちろん、転職すればすべてがうまくいくということではありません。うまくいくように行動するのは優凪さん自身ですから」

　そして、選択するのはまた早乙女さんではなくわたしなのだ。

「占い結果に従って転職した場合の結果は、〈ペンタクルのA〉――安定です。Aというのは1で、始まりのカードなんです。何か新しいことをはじめるタイミングとして最適だという意味もあります」

〈ペンタクルのA〉の傍らをとんとんと指先で叩いた早乙女さんが、わたしを見る。

「とはいえこれは占いですから、決めるのは優凪さん自身です。占い師ができるのは、背中を押すことだけです。このカードのように頭を抱えていて、とても疲れているのであれば、今すぐに踏み出すのではなく、まずは少しの間休憩することを選ぶのもいいと思います。そうすることで、気持ちも環境も変わることがありますから」

何を言えばいいのかわからなくなって黙り込んでしまったわたしに、早乙女さんはほほえむ。

「迷ってもいいんですよ。それは占いに頼らず、自分で選ぼうとしている証拠ですから」

展開されたカードを見て、わたしは顔を伏せた。

「わたし、ずっと、子どもの頃から、周りの人とうまくつきあえないんです。見ないようにうつむいていたから……あまり話もできなくて。だから、新しい職場に変わっても、同じなんじゃないかって」

「そうですか。それを優凪さん自身が克服するか……」

そこまで言って黙ってしまった早乙女さんが、しばらくしてから続ける。

「優凪さん、うちで働きませんか？」

「え？」

「転職の気持ちはあるのでしょう？　うちなら、あなたが見えることを隠す必要はありません。占いにかこつけて誘っているみたいになってしまっていますけど、きっとこの占い館以上にあなたを必要としている職場はありませんよ」

早乙女さんに、わたしが転職を考えている一番の理由はまだ話していない。それなのに今、まさに、欲しかった言葉を言われて、涙があふれてきた。

「おまえはいらない」なんて、もう聞き慣れてしまったと思っていた。でもこんなにも「必要だ」と言って欲しかったとは、自分でも思っていなかった。

「……っ！」

頬を流れ落ちる涙を慌てて手の甲でぬぐう。

「す、すみません」

急に泣きだすなんて、情緒不安定にもほどがある。

早乙女さんがティッシュを箱ごと差し出してくれた。ありがたく、何枚かまとめて取って涙を拭く。

初対面の人の前で恥ずかしい。こんな醜態をさらしては、とてもここで働くことなどできない。一刻も早く逃げ出したい。

早く断って店を出ようとしたそのときだった。突然、臑(すね)を何かに撫でられた。

「きゃあ！」

驚いて飛びあがったわたしの隣の椅子に、いつの間にか猫が立っている。

猫が、後ろ脚で、ちょこんと。

「なんだ。痴情のもつれか？　修羅場か？」

「……！」

しゃべったのは薄い三毛柄の、丸い顔の猫だった。スコなんとかという猫に似ているが、ただの猫は人の言葉をしゃべらない――と、思う。あまりの驚きに、涙は引っ込んでしまった。

早乙女さんはと言えばまったく驚いてはいないようだった。

「ああ、そういうことですか」

とつぶやいて、にこりと笑う。

「いらっしゃいませ、〝すねこすり〟さん。占いをご希望ですか？」

「うむ。邪魔をしたかな？」

「今はこちらの方の占い中でして」

「それはすまんかったが、もしかしてこの娘、吾輩の姿が見えるのか？」

確認するように向けられた早乙女さんの視線に、わけがわからないままうなずく。

「吾輩が見える人間とはめずらしいな！」

目を丸くしたすねこすりさんは、わたしを見て腰をおろした。

「だが、邪魔をしては悪い。おまえの占いが終わるまで待つとしよう」

「いえ、わたし、もう……」

早くこの場から出ていきたくて、頬に残る涙を拭いて立ちあがろうとしたが、早乙女さんが手をあげてそれを止められる。

「落ち着くまで休憩していかれてはどうですか？」

「そうだそうだ。そんな顔で外に出ていっては笑われるぞ」

すねこすりさんにまでそう言われ、出ていきづらくなってしまった。

「せめて外のテーブルで……」

「気にするな気にするな。吾輩はおなごが大好きだ！」

「…………」

テーブルに向かって椅子の上にちょこんと座る姿は本当に可愛らしい。まさにスコ……スコなんとかという猫のようだが、中身はセクハラオヤジではないだろうか。

とにかく、どうやらこのすねこすりさんは、早乙女さんが言っていたあやかしのお客さまなのだろう。これまであやかしと呼ばれるモノとは関わらないようにしてきたから、こんなに明るいモノがいるとは知らなかった。

気が抜けて、立ちあがる気持ちも萎える。

「では、お言葉に甘えて、もう少し休ませてもらいます」

早乙女さんは穏やかなほほえみを浮かべたままうなずいた。

「すねこすりさんというのは、夜道を歩く人の足下にまとわりついては、臑をこすって転ばせる妖怪です。江戸の頃の書物には、丸々した仔犬か猫のような姿で描かれていますす」

「そもそも吾輩は、〝臑をこすられて転ぶ〟という現象だったのだ。それを人間が〝すねこすり〟と名づけ、しまいには形まで与えたものだから、こんな姿になってしまったというわけだ」

すねこすりさんは人間くさい仕草で肩をすくめた。早乙女さんはわたしの占い結果のカードをひとつの束に戻し、すねこすりさんと向き合う。

「何を占いましょうか？」

「吾輩は……これからどうやって生きていけばいいのか悩んでいるのだ」

「生き方、ですか具体的には？」

「消えないためにはどうしたらいいか、だ」

「消えたくない、ということですね」

「うむ」

確認されて、すねこすりさんがうなずいた。

「消えてしまうんですか？」

思わず問いかけると、早乙女さんと目が合う。

「すねこすりさんが先ほど、すねこすりは現象だったと言われましたが、その現象は名前をつけられなかったら気のせいや錯覚になります。すねこすりという現象は人に姿を見られないモノなので、名前を忘れられればすねこすりはいずれ消えます」

「現象は？　残りませんか？」

「そうですね。でもそれはすねこすりのせいではなくなります」

たしかに見えるわたしでも、すねこすりさんはさっきまで人語を話す猫でしかなかった。名前と意味を知って、初めて彼をすねこすりだと認識したのだ。知らなければ、忘れられてしまえば、すねこすりなるあやかしはいないも同然のモノになってしまう。

「昔はそれでもいいと思っていた。もともと姿形のないモノだったのだから」

「でも今は、消えたくないんですよね？」

恐る恐る訊ねると、すねこすりさんが少し間を置いて話し始める。

「うむ。吾輩は、最近まで万里子と二十年近く一緒に暮らしていたのだ。それ以前は山で暮らしていたのだが、山間にあった集落から最後の住人が去って、これ以上そこにいてもすねこすりなる妖怪がいたことなど忘れられ、あとは消えるのみだと思い、都会へ出ることにした。だがあてがあるわけでもなく、人間の臑をこすったところで、すねこすりなどという名はもう誰も知りはしなかった。このまま都会で消えるか、山へ戻って消えるか、死に場所を決めねばならんと覚悟を決めたときに、吾輩は万里子に出会ったのだ」

早乙女さんのうなずきに先をうながされ、すねこすりさんは続ける。

「おそらくその頃の万里子は六十歳かそこらだった。公園のベンチでひとりうなだれていたのだ。何か吾輩と近いものを感じてな、吾輩は万里子の臑をこすった。そうしたら万里子のやつ、吾輩を『モモちゃん』と呼んだのだ。モモというのは万里子の飼い猫で、その少し前に死んでしまったらしい。しかし吾輩を猫と間違えるとは失礼な女だった」

言葉は憤慨しているようだが、すねこすりさんの声は嬉しそうだ。

「万里子は変わった女で、姿の見えない吾輩にモモと名づけた猫のことを話し始めたのだ。二十年も一緒に暮らしていたのに死んでしまったのだそうだ。万里子はもう一度猫を飼いたいが、いつまで世話ができるかわからないから飼えない。だがひとりで暮らすのは寂しくて仕方がないから一緒に暮らさないかと吾輩を誘ったのだ。吾輩の姿が見えもしないのに、『うちにおいでなさいよ』とな」

すねこすりさんは懐かしそうに目を細める。

「吾輩は、寂しくなどなかったぞ。だが、万里子が寂しいと言うから、ついていったのだ。それから二十年、吾輩たちは共に暮らした。万里子は吾輩に語りかけ、撫で、一緒に眠った。楽しい時間だった。万里子にとってもそうだったと、思いたいが」

「それで万里子さんは？」

「死んだ。遠方から来た娘や息子が葬儀も終えた」

「そうですか」

「ろくに会いに来たこともなかった奴らは、万里子が猫を飼っていると言っていたのに、エサ皿やベッドがまったく使われていなかったことを不思議がっていたな。母親は認知症だったのかもしれないと言っていた。幻覚の猫を飼っていたと思ったようだが、当たらずも遠からずだな」

すねこすりさんは、ふんと鼻を鳴らした。

「幸せでしたか？」

早乙女さんに問われ、すねこすりさんはうなずく。

「幸せだった。本当ならば二十年前に消えていたというのに、こうして二十年形を保つことができたのだ。我々のような人に名を与えられた妖怪は、人に忘れられてしまえば消えるしかない。存在を忘れられかけ実体もない吾輩がここまで存在し続けられたのは、万里子が名を与えて望んでくれたおかげだった」

「姿が見えなくても、存在を認めてもらえていたんですね」

早乙女さんの言葉に、わたしは思わず「いいな」とつぶやいていた。すねこすりさんにくりくりした丸い目を向けられて、慌ててつけ加える。

「いえ、その、わたしとは、大違いだと思って」

「おまえには実体があるではないか」

「実体があったって、見えないふりをされたらいないも同然でしょう？　わたしなんて、いてもいなくても、いいんです」

なんでもないことのように言おうと思ったのに、吐き捨てるようになってしまった。

ここに来る前のことを思い出し、胸が苦しくなる。電車がホームに入ってきたときの風を、肌がまだ覚えている。

「――わたし、上司に『いくらでも代わりがいる使えない社員』とか、『生きている価値もない』って言われているんです。同僚はわたしのことなんて見えないみたいに無視して。だからちょっと疲れちゃったみたいで、今日は電車に飛び込みそうになって、慌てて駅から逃げてきたんです」

淡々と事実を告げるだけのつもりだったのに、声がふるえてしまった。

「そんなことが……。怖かったでしょう」

早乙女さんのやさしい声に、わたしは奥歯を嚙みしめた。そうしなければ、また涙があふれそうだった。

「わたしなんて、誰にも必要とされてないんです」

弱音を吐いたところで仕方がないのに、早乙女さんのやさしさについ甘えてしまった。彼は占い師として話を聞いてくれただけなのに。

「すみません、わたし……」

まるで慰められたがっているみたいでいたたまれなくなり、立ちあがろうとした。

「待ってください」

早乙女さんに制止される。彼のやさしい言葉に甘えてはいけない。そう思ったのだが、

「すねこすりさんの話の途中ですよ」

「え？」

思いがけない言葉にわたしは目をまたたいた。

「最後まで一緒に聞いて欲しいのですが」

それはたぶん、わたしの役目ではない。そもそもわたしは部外者なのに。

「そうだぞ！　吾輩の声が聞こえる人間などそういないのだ！　今まさにここで吾輩がおまえを必要としているのに、途中で出ていこうというのか！」

我慢できずに、ふたたび涙がこぼれた。しかも、一度しゃくりあげたらとまらなくなり、わたしは大人になってから初めて、声をあげて泣いた。もう、恥ずかしさなどどこかへいってしまった。

ただ子どもの頃のように、悔しくて、悲しくて、嬉しくて、感情のままに泣く。

「お、おい！　どうして泣くのだ!?」

すねこすりさんがあわてふためき「なんとかしろ！」と早乙女さんに無茶な要求をする。

早乙女さんは「大丈夫ですよ」と言って一旦席を外し、冷たいおしぼりといい香りのするハーブティーを持って戻ってきた。

ひとしきり泣いたわたしは、鼻をすすりながら差し出されたおしぼりを手にして目元にあてる。

「……ありがとうございます」

「かまいません。泣くことには心のデトックス効果があるそうですから」

目を冷やしながらハーブティーに口をつける。温かくて、気持ちが落ち着いた気がした。

「けしからん！」

すねこすりさんがクリームパンのような可愛らしい前脚でテーブルを叩く。

「けしからんぞ！　そんな職場は辞めてしまえ！　そもそも、人間というのは生きるための金を稼ぐために働くのだろう？　働くことで死んでしまっては意味がないではないか！」

そんな当たり前のことを言われて、はっとした。

「そう、ですね。生きるために、働いているんです。働くために生きているんじゃないですよね」

「いいか、人はあやかしにでもならんかぎり、死んだら戻ってはこないのだぞ！　たった数十年しか生きられないのだ！」

すねこすりさんは——亡くなったもう会うことのできない万里子さんのことを思い出しているのだろう。

「おまえは今すぐ会社を辞めるのだ」

すねこすりさんが繰り返した言葉に、早乙女さんもうなずく。

「これは占い師としてというより、一社会人としての意見ですが、私もそう思いますよ。それほどひどい状況だとは思いませんでした。職場環境の改善が期待できないのであれば、身体を壊す前に辞めたほうがいいです」

「でも、辞めるなんて言ったら、また、『我慢がきかない』とか『根性がない』とか……」

「そんなことを気にする必要なんてありません」

「わたしみたいな根暗な人間が職場にいると、周りも憂鬱になってしまうんです。だから……」

「あなたは何も悪くないんです。あなたが悪いのだと思い込んでいるだけですよ」

本当にそうなのだろうか。わたしには何も言えなかった。

「優凪さんは、そのお仕事がやりたいことなんですか？」

「いいえ」

早乙女さんに訊かれて、首を左右にふった。

「給料がいいとか、お休みが多いとか」

「給料はそんなによくないと思います。残業も休日出勤もお給料は出ないです」

「仕事仲間がいい人、というわけでもなさそうですね」

「……はい」

「私は、最低でもその仕事自体が好き、条件がいい、環境がいい、この三つのうちふたつがそろっていないと、ストレスが溜まって長くは働けないと思うんです。せめてふたつそろっていれば耐えられるかもしれませんが、ひとつもなくては辛いでしょう。過度なストレスというのは、精神的なダメージはもちろん、身体にもいい影響は及ぼしません。病気の原因がストレスということもよくあります」

ふらりと電車に飛び込みかけたのは、たぶん追い詰められた気持ちのせいだったと思う。でもこのままでは、今度は病気で倒れて電車や車に撥ねられる日が来るかもしれないということだ。

「決めるのは優凪さんです。他人の私にどうこうできることではありません。でも、辞めるときに何かを言われるのが怖いというのが辞められない理由なのであれば、退職代行を紹介しますよ。手続きは全部してもらえますから、会社に行く必要もないですし、残っている有給休暇の消化や、退職金の話も全部おまかせです」

「自分でしなくていいんでしょうか……」

「使わざるを得ない人のために、そういうサービスがあるんです。助けを求めていいんですよ。単純に退職の意思を伝えづらくて利用する方も多いらしいですが、ハラスメント問題を抱えていて会社に連絡するのが怖いという方も増えているそうです」

早乙女さんが名刺大の紙を取り出した。さっき話していた退職代行サービスのカードだ。

「仕事を辞めては生活の心配もあるでしょうが、一度健康を害すると、元気に働けるようになるまでに時間がかかります。それこそ人生において大きな損失です。しばらく待つ必要がありますが、失業保険もありますし、短期間だけアルバイトでしのぐことも、身体を壊す前であればできますよ」

渡されたカードをじっと見つめる。

健康を害するどころか、命まで失いかけたのだから、迷う必要なんてどこにもないのだろう。

「心が弱っているときは、ゆっくり休むのが大事なんです。占いでは先へ進めと出ていますが、今はまず休むことをお勧めします。それから進んでも遅くはないでしょう」

「休む……？」

この一年、必死に働いてきて、急に休めと言われても何をすればいいのかわからなかった。

「どうやって休めばいいのかも忘れてしまいました」

「おしゃべりをしたり、好きなことをして過ごせばいいんですよ」

ひとりきりのアパートで、これまで言われたことを思い返したり、これからのことを心配して過ごす自分が思い浮かんだ。

「でもわたし、ひとりきりなんです。親もいませんし、仲のいい友達もいなくて……相談相手も、いなくて」

「吾輩がいるではないか！」

とうとつに叫んで、すねこすりさんがすくりと立ちあがる。

「吾輩が話し相手になってやろう！」

「え、でも」

想定外の提案に言葉が詰まった。

「おまえは吾輩が見える。おまえがいれば吾輩はすねこすりでいられる。だから吾輩がおまえの話し相手になってやろう。うぃんうぃんだろう」

ＷＩＮＷＩＮ……双方に得があるということだけど、どうだろうか。すねこすりさんがいることで、見えることを意識せざるを得なくなる可能性もある。そもそも突然他人──すねこすりさんは妖怪だけど──と暮らすなんて、不安しかない。

「でも、うちのアパートはペットは禁止ですから」

「吾輩をペットとは失礼な。同居人と呼べ」

「え、あ、じゃあ、うちは、ひとり用のアパートなので……」

なんとか同居を避けようとするが、大した理由が出てこない。

「大丈夫ですよ。すねこすりさんの姿は私たちにしか見えないんですから」

「でも、えっと？　たしかに？」

見えないのであれば、他の人から見ればいないも同然だ。

この場にわたしの味方はいないようだった。早乙女さんはまるでこうなることを予測していたかのように、にこにこしている。

「ふたりで仲良く暮らすにはどうしたらいいか、何に気をつけたらいいか占いましょうか？」

「是非頼む！」

「占いの内容変わっているじゃないですか！」

勝手気ままなすねこすりさんに、思わず声をあげてしまった。そして、そんな大きな声を出したことが久しぶりだったことに気づいて、口に手をあてる。

ここでは見えないはずのモノを見えないふりをしてうつむかなくてもよく、黙りこくっている必要もない。この一時間足らずの間に、過去一年分くらいしゃべった気がする。

早乙女さんがこの店で働くことを勧めてくれたのは、きっとこういうことなんだろう。

カードをかき混ぜた早乙女さんは、先ほどと同じように作った三つの山をひとつに重ねるようにわたしをうながした。ひとつになった束から一枚選んでテーブルに置く。

「〈カップの10〉です」

そこには虹を見あげる夫婦と、手を取って踊るふたりの子どもが描かれている。いかにも幸せな家族のように見える。

「この家族のようなつきあい方がよさそうですね。特別なことは何も必要ありません」

母を亡くしたことを未だに引きずっているわたしには、家族という言葉はとても魅力的だった。すねこすりさんが殊勝な顔で前脚を合わせてわたしを拝む。

「吾輩には、おまえのような人間が必要なのだ。一緒に暮らしてもらえないだろうか。腹を撫でさせてやってもよいぞ」

ふわふわのお腹を思う存分撫でられるのは、同居の条件として十分に心が惹かれる。

ペットのようにお世話はいらないだろうし、ちょっと偉そうだけれど話し相手になってくれて、お腹も撫でさせてくれるなんて、唯一、彼が見えない存在であるということ以外は、おそらくすべてがわたしにとって好条件だ。

「早乙女さん。もう一度、さっきの〈戦車〉のカードを見せてもらえますか？」

早乙女さんはカードの束の中から抜いた一枚を、わたしの前に置いた。

「この戦車を引くスフィンクスは、どうして白と黒なんですか？」

「これは、ふたつの感情だと言われています。憂いと喜び、怒りと哀しみ。そんな二つの感情を、戦車に乗った戦士は手綱なしで操ります」

言われて気づいたが、スフィンクスたちは綱で繋がれていない。けれど彼らがいなければ戦車は進まないだろうから、動力であるはずだ。

「わたしは、この感情を操れるんでしょうか」

「操ることができるからこそ、このカードが出たんですよ」

辛くて苦しくて哀しくて。けれどその感情を操って、わたしは前に進むことができる。

そう言われて、少しだけその気になった。すねこすりさんはきっとわたしに、会話する楽しさやわがままに対するちょっとした苛立ちを与えてくれるだろう。

もうすっかり、忘れてしまっていたけれど。

「わかりました。わたし、すねこすりさんと一緒に暮らします」

「よし！」

両前脚をふりあげたすねこすりさんにほほえんで、早乙女さんに目を向ける。

「それから、早乙女さん。わたし、ここで、働かせて欲しいです。お役に立てるか、わかりませんけど」

膝の上でぎゅっと手を握った。

「ここでなら、自分らしく働ける気がするんです」

「体調は大丈夫ですか？　無理をしてはいけませんよ」

早乙女さんが案じるように、少しだけ眉をくもらせる。

「大丈夫です」

はっきり答えてうなずけば、早乙女さんの表情がゆるんだ。

「わかりました。退職までの期間があるでしょうし、一ヶ月後からにしましょうか」

こうしてわたしは風変わりな同居人を得て、さらには新しい職場も手に入れたのだった。

憧れの美容師

会社は驚くほど簡単に辞めることができた。出社して、同僚と顔を合わせることもなければ、電話がかかってくることさえなく、必要なものを送り返すだけでよかった。何を言われるか怯えていた自分が馬鹿みたいだった。

会社を辞めてから、とにかく部屋でごろごろして身体を休めた。何をすれば楽しいかもわからなくなっていたので、それくらいしかできることがなかったのだ。けれどそのおかげか、職場では文句を言われているかもしれないけれど、そんなことを気にしても仕方がないと思えるようになってきた。

ふとした瞬間に憂鬱な気持ちになることはあるけれど、日常生活を送るのに不都合なほどではない。

早乙女さんが毎日様子をうかがうメールをくれることも支えになっていた。誰かが気にかけてくれているというのは心強かった。おかげで必要以上に自分を追い詰めることもなくすんでいる。

そして十分休んだわたしは、リヒトミューレへの初出勤日の朝を清々しい気持ちで迎えた。

トーストを載せたお皿とコーヒーのマグカップを両手に持ったまま、テーブルの傍に膝をつく。ワンルームの狭い部屋の真ん中に、ぽつんと置いた折り畳みできるテーブルの上で、丸い毛玉がごろごろしている。それは一ヶ月前までこの部屋にはなかったものだ。朝食をとるのに邪魔くさいそれは、なんとも幸せそうな顔で眠っている。

スコなんとかという種に似ていると思って調べてみて、スコティッシュフォールドだと思い出した。顔が丸くて耳が小さいところなどよく似ている。けれどこの白っぽい三毛のスコティッシュフォールドそっくりな毛玉は〝すねこすり〟と呼ばれる妖怪だ。わたしや早乙女さんのように見える人にしか見えない、実体のないモノだ。

平和的なその顔を見つめて呼びかける。

「すあま、邪魔」

呼んでもすあまは動かない。

「すーあーまー」

「誰が餅菓子だ」

ちらりとすあまが目を開けた。彼はどうやらわたしがつけた名前が気に入らないらしい。

「おめでたいお菓子じゃない。見た目も可愛いし、美味しいし」

「おまえ、まさか、吾輩を食う気ではないだろうな」

「今の所、食べちゃいたいくらい可愛いとは思ってないかも」

「なんだと？　可愛いだろう？　食べちゃいたいくらい可愛いだろう⁉」

ぴょんとすあまが起きあがった隙に、お皿とマグカップをテーブルに置く。

「食べられたいの？　食べられたくないの？　どっち？」

初めこそ妖怪と同居するなどどうなることかと思ったが、一緒に暮らしてみると思いのほか楽しかった。

母を亡くしてひとり暮らしを始めて一年と少し、こんなに楽しく話したことはない。友達と呼べる人がいたら、こういう感じなのかもしれない。

「すあまも一緒に出勤する？」

「当然だ。おまえは頼りないからな。吾輩がちゃんと見張っていてやらんと」

「はいはい。ありがとう」

なんだかんだで、すあまもこの生活を楽しんでくれているようだ。

先日、リヒトミューレのクチコミを検索してみたところ、「占い師がイケメン」というコメントが一番多かった。ついで、「占い師がやさしくて親切」「よく相談に乗ってくれる」など、早乙女さんについてのコメントが並んでいた。もちろん「よく当たる」と占いについてのコメントもあったが、早乙女さん自身の、特に外見を褒め称える言葉が圧倒的に多かった。

占い師もある程度人気商売なところがありそうだけれど、早乙女さんは顔のよさでかなり得をしていそうだ。

とにかく、女性に人気のイケメン占い師の下で働くことになるので、目立たないほうがよさそうだ。クチコミも二度と見ないことに決めた。受付係について何か書かれでもしたら心が折れてしまう。

トーストを齧りつつ、着ていく服や化粧のことを考えて、少しだけ不安になりながら朝食を終えた。

リヒトミューレの最寄り駅は、これまで利用していた――つまり、わたしが電車に飛び込みかけたのと同じ駅だ。当然のことながら利用する気にはなれず、それほど距離の変わらないひとつ手前の駅を使うことにした。そうすれば、元同僚とばったり顔を合わせる確率も減ろうというものだ。

出勤時間に指定された開店時間の三十分と少し前、リヒトミューレの扉を開けた。今日も店内でガラス玉がきらきらしている。光で動くものなんて今時めずらしくも不思議でもない。それなのに、ガラス玉に入った羽根が回るという現象が綺麗で、目を奪われる。店名にもなっているリヒトミューレなるその飾りは、とても神秘的だ。

テーブルを拭いていた早乙女さんがにこやかにふり返った。今日もスマートにスーツを着こなしている姿は、お世辞ではなく格好いい。

「こんばんは」

あらためて見ても整った顔立ちだ。この顔を見たいがために通うお客さんがいてもおかしくない。

「よく休めましたか？」

「はい、毎日メールありがとうございました」

「迷惑になっていなければよかったです」

「あれはすとーかー行為というヤツではないのか？」

わたしの鞄に入り込んでいたすあまが顔を出し、早乙女さんの足下に飛び降りた。

「ちょっと、すあま！」

失礼な言い分にも、早乙女さんは穏やかにほほえんでいる。

「久しぶりの仕事だと思いますので、くれぐれも無理はしないでくださいね」

「会社を辞めたら、すっきりして、少し元気になりました」

「ストレスの原因が会社だけだったんでしょうね」

「もっと早く辞めていればよかったです。でも、そうしたらここには来なかったかもしれないですけど」

「それは困ります」

ふたりで笑いあったあと、早乙女さんに店内を案内された。占いの部屋や待合の他、わたしの仕事場となる受付カウンターや休憩室など、ひとりで経営する占い館にしては広いのではないだろうか。

一通り説明してもらってから、カウンターのパソコンに向かって座った。ここでお客さんを迎えるのだと思うと、緊張する。

「優凪さんの仕事のマニュアルを作っておきました」

差し出されたシンプルなファイルを受け取り、さっそく表紙をめくる。

リヒトミューレは十八時開店の三時閉店だけれど、わたしの勤務時間は十七時半から二十二時半で、間に休憩が三十分。見習い期間として、当面は短時間勤務になる。体調を慮ってのことだろう。

仕事内容は事務と受付だ。予約は基本的にはホームページ経由で、まれに電話がかかってくるらしい。問い合わせに答えるためにはいくらか覚えることがありそうだった。

「わたしにできるでしょうか……」

「しばらくはひとつひとつ教えていきますから、緊張しなくてもいいですよ。優凪さんならできます。自信を持ってください」

「優凪はじこひょうかが低いのだ」

カウンターにまでついてきたすあまが溜息をついた。彼の言うとおり、すぐに「わたしなんか」と考えてしまう。悪い癖だ。

「では成功体験の積み重ねが必要ですね」

マニュアルを確認していて、ふと気になって問いかける。

「その、人間以外の……妖怪？　みたいなモノも、予約して来られるんですか？」

「半々ですね。最近のあやかしは、器用に電子機器を操りますよ」

「そうなんですか？　でも、すあまみたいに実体のないモノは……」

「ほら、電気ってエネルギーでしょう？　実体のないあやかしもエネルギーのようなものですから、相性がいいんです」

本当のところは不明だけれど、どうやら今時のあやかしたちは、それなりに時代に順応して暮らしているようだ。とはいえ、すべてが順調に進むわけでもなく、早乙女さんの下へ相談にやってくるのだろう。

「早乙女さんは、どうして占い師になったんですか？」

「急にどうしましたか？」

「いえ、相談所でもいいのに、どうして占い師なのかなって……」

「………」

早乙女さんが隣の椅子に腰をおろし、パソコンで予約ページの確認を始める。答えたくないことだったのかもしれないと気まずく思いながら、黙ってマニュアルに目を戻した。

早乙女さんが、かちかちとマウスを鳴らす。

「実は僕、未来が見えるんですよ」

「え？」

ひそめた声で告げられた言葉に、早乙女さんの横顔に目を向ける。彼はディスプレイを見たままだ。

「僕の母方の祖母も未来が見えたらしくて、母が言うには生まれ故郷の村では妖怪の〝件(くだん)〟と呼ばれるくらいに力が強かったそうです」

「件というのは、未来が見えるんですか？」

「見えるというか、予言をする妖怪だと言われていますね」

早乙女さんの長い指がパソコンのキーボードを叩く。検索された件の画像を見れば、頭は人間で身体は牛の姿をしていた。

「予言をしたらすぐに死んでしまうと言われていますが、祖母の田舎にも件の言い伝えがあったので、未来を予言する力を持った祖母もそう呼ばれたのでしょう」

ディスプレイに表示された件の情報に目を向けたまま、早乙女さんは続ける。

「祖母は故郷の村で巫女のようにありがたがられていたそうなんですが、悪いことが起こると予言をしたことで村から追い出されてしまったらしいんです。それがどんな内容だったのかはわかりませんが、村にとって都合の悪いことだったのでしょう。それから祖母は町で働きながら僕の母を育てあげて、ある日ふっと姿を消してしまったと聞きました。僕と同じく母にも祖母と同じ力があるんですが、祖母が村を追い出されたのを覚えていて、ずっとその力を隠して生きてきました。だから何か見えても、誰にも言わないようにしなさいと母に言われて、僕も隠してきたんです」

あやかしが見えることについて欠片も気にしていないように見えた早乙女さんにも、特殊な力を隠していた時代があったのだと驚く。

「でもね、僕が見たものによって、いい選択をできる人もいるわけです。この力を迫害されない程度に活用できる方法はないだろうかと考えた結果が、占い師だったんですよ。とはいえ、いつでもどこでも見えるわけではないですけどね」

「早乙女さんには、わたしがここで働く姿が見えたんですか？」

「それは……」

何か口ごもった早乙女さんは、誤魔化すようににこりと笑った。

「まあ、似たようなものが。少なくとも、優凪さんがすあまさんと暮らしている姿は見えました」

「だからすあまが一緒に住むって言い出したとき、止めなかったんですか？」

「あのときの優凪さんには、すあまさんのような無害な同居人が必要だと思ったからですよ」

早乙女さんはカウンターで丸くなっているすあまの背中を撫でた。

早乙女さんのその判断のおかげで、少し寂しく思っていたアパートの一室で楽しい時間を過ごせている。

それにしても、早乙女さんがあかやしだけではなく未来まで見えるとは思わなかった。

しかしそれよりも今は、母方のおばあさんから受け継いだ力なのだということが気になった。

「こういう力は、母方から受け継ぐものなんでしょうか？」

「そうでもないと思いますが、優凪さんもお母さまから？」

「母方の祖母が見える人だったそうです。でも母は見えませんでした」

それでも母に慣れがあったのは幸いだった。もし母にまで気味悪がられていたら、もっと生きづらかったはずだから。

「わたし……この見える力は呪わしいものなのではないかと思っているんです」

わたしはすあまの丸い背中を見る。彼と一緒に過ごすことができるのは、この力のおかげだけれど。

「普通と違うことで気味悪がられたりするからですか？」

「それもありますけど……」

これまで不安に思っていたことを、言葉を選んで告げる。

「わたしの父は、わたしが物心つく前に亡くなっているんです。まだ二十代でした。母はそれから苦労して……昨年亡くなりました。四十五歳になる少し前でした。母の家系は短命で、五十歳まで生きる人がいないと言われているんです。見える人が多いから、いろいろなモノが寄ってくるためだろうと。父が早くに亡くなったのも、そのせいで病気になってしまったからなんじゃないかって。だからわたしは……祖母から受け継いだこの力は、呪わしいものだと思っていて……」

「同じようなことが続くと、それに同じ原因を当てはめてしまいがちですが、本当はすべて別のものなんですよ」

早乙女さんの言葉に首をかしげる。

「そうでしょうか」

「はい。あまり気にしすぎると、余計に悪いモノを呼び寄せてしまいます。あなたが見えることと、ご家族の短命は、なんの関係もありません」

そう言ってもらっても、わたしの不安が完全に消えることはなかった。


早乙女さんに教わりながら、受付として最初に案内したお客さんは二十代の女性で、恋愛相談だった。その次は四十代の女性が人生相談にやってきた。家庭と仕事の両立に悩んでいたらしい。

女性客が多いのだろうかと思っていたが、三人目は仕立てのよいスーツを着た五十代の男性で、会社の経営について、今まさに相談中だった。話の内容から、どうやら数十人の従業員を抱える社長さんらしい。

三人とも遊びではなく真面目に相談していたし、早乙女さんも真剣に応じていた。雑誌の占いページに興味本位で目を通すように、ふらりと立ち寄って話を聞いてもらうくらいかと思っていたのに、どうやらそうでもないようだった。それなりの金額を支払うのだから、当然ではあるのだけれど。

「妻は、あまり占いに頼るなと言うんだが、わたしは自分にはない視点からのアドバイスをもらうのも悪くないと思うんだよ」

占い結果を聞き終えた男性は、苦笑を滲ませた声で早乙女さんと雑談を始めた。

「奥さまと喧嘩されない程度にご利用ください」

「娘は恋愛相談をしたいと言っていたよ」

「いつでもご予約ください。誠心誠意対応させていただきます」

「妻も君の顔を見たら通いたがると思うんだけどなあ」

「私は女性にはよく『胡散臭い』と言われるので、心配ですね」

「ははは。顔がよすぎるのも考えものだ」

出入口のカーテンを開けて手で押さえている早乙女さんに笑いかけながら、男性客が奥の部屋から出てきた。受付で料金を支払い、軽く手をあげて帰っていく。

彼を見送ったわたしは、お客さんについて詮索してはいけないと思いつつも、気になって確認する。

「さっきの方は、社長さんなんですか？」

「ええ。まあまあ長いつきあいです」

どうやら常連さんのようなので、失礼がないように覚えておくことにする。

「優凪さん。次のお客さまなんですが、一緒に話を聞いてもらってもかまいませんか？」

「え？　あ、はい。わたしはかまいませんけれど」

予約表を確認すれば、名前の横に星印がついている。あやかしであることが事前にわかっているときは、目印をつけるようにしているのだ。

「この……栄さん？」

備考欄には〝髪切り〟と書いてある。検索してみれば、どうやら名前のとおり、人の髪を切る妖怪らしい。

「優凪さんの力を借りることになりそうなので」

早乙女さんの目には何か見えたのかもしれないが、わたしが役に立てるとは思えない。それでも仕事の一環であるならばとうなずいた。

それからしばらくして、艶やかな黒髪をショートボブにした細身の綺麗な女性がやってきた。年齢はわたしよりいくつか上にしか見えないけれど、妖怪なのであれば実際はもっと長くこの世に存在しているのだろう。

彼女は髪切りなる妖怪であると教えられていなければ、どこからどう見ても人間だった。注意深く気配を探ってもわからないくらいだ。

そんな、まるで人間のような栄さんを前にしても、早乙女さんに動揺はなかった。

「いらっしゃいませ。栄さんとお呼びすればいいですか？」

「ええ」

「彼女は助手なのですが、同席させてもかまいませんか？」

「いいわよ」

栄さんは早乙女さんの案内で占いのための部屋へ入り、わたしはその後をついていった。栄さんが座ってから、早乙女さんに勧められた彼の斜め後ろの椅子に座る。

早乙女さんが、取り出したカードの束をテーブルに置いた。

「占いの希望は仕事運ということですが、今のお仕事の今後についてでよろしいですか？」

「そう。美容師として働いているんだけど、これからも人間の中でうまくやっていけるかどうか不安でね」

細い眉をひそめる栄さんに、妖怪であっても人と同じような悩みを抱くのだと、勝手ながら親近感を抱いた。けれどひとつ気になることがある。

「栄さんは、美容師の免許をお持ちなんですか？」

「ええ、最近やっと取ることができたの」

あやかしが人間の中で暮らしているという話は聞いたが、美容師や車の免許のようなものをどうやって取るのだろうかと、頭の中がクエスチョンマークで一杯になった。わたしが聞きたいことを察したのか、早乙女さんがほほえむ。

「私があやかしと呼ばれる方たちの相談に乗るように、人間の中で生活するための支援をしている人もいるんです。だから美容師や自動車の運転や医者などの免許も取ることができるし、一戸建てや高級マンションだって購入することができます」

「そうやって暮らしているあやかしも多いのよ。まあ、あたしは最近……二十年くらい前までは、ふらふらしていたんだけど」

頬に落ちた髪を耳にかけ、栄さんはにこりと笑う。

「あたし、元は人間なの。今は江戸時代って呼ばれているのかしら、その半ば頃だから、二百五十年くらい前？　お栄（えい）って呼ばれてたわ」

「え？」

思わず早乙女さんの横顔に呼びかける。

「あ、あの、早乙女さん、訊いてもいいですか？」

「どうぞ」

「人間が、妖怪になるんですか？」

「なりますよ。狐や狸や猫だって妖怪になるでしょう？　だから、名を与えられれば人間だって妖怪にも神にもなれます」

「で、でも、どんな人にでも姿を見せられて、美容師として人に触ったりできるってことは、栄さんには実体があるんですよね？」

「ふふ」

栄さんはやわらかな曲線を描いていた唇に蠱惑(こわく)的な笑みを浮かべる。

「あたしねえ、人を恨んで恨んで、恨みであやかしになったの。今風に言えば、ゾンビかしら」

栄さんはひらりと手のひらをふった。

「大店の主人の妾(めかけ)だったのよ。愛人っていうの？　そういう女。当時は美人だってもてはやされて、特にこの黒い髪が自慢だった。もっと長くてね、あたしよりも綺麗な髪をした女はいないって誇りに思っていたわ。裕福な家の生まれでもなかったし、大店の主人の妾になれば楽に暮らせると思って、喜んで妾になったわけ。でもね、お内儀は――奥さんは、そんなあたしが気に入らなかったみたい。そりゃ、旦那が若い女にうつつを抜かして金を使ってたんだもの、腹を立てるのもわからないではないけど」

楽しそうにさえ聞こえる口調で話していた栄さんが目を細めた。とたんに、陰鬱(いんうつ)で、恨みがましい表情が浮かびあがり、部屋の温度まで下がった気がして鳥肌が立った。

「でもね、そのお内儀は、そりゃ悋気深い人でね、あたしの家に包丁を持って乗り込んできて、あたしの顔も、自慢の髪も、ずたずたにしたの」

「そんな……」

「ただ殺されるならあたしもね、妾だもの、仕方がないって思ったかもしれないけど、髪を切り刻まれたのはどうしても我慢ならなくって、恨んで恨んで気づいたらお内儀を恨み殺すようなモノになってたわけ。それからも、若い娘の綺麗な黒髪を見ると悔しくて、憎らしくて、切って歩くようになったわ。昔は髪は女の命なんて言われて大事にされていたから、それはそれは恐れられたものよ。そしていつの頃からか〝髪切り〟と呼ばれるようになった」

「今は、もう、その、恨みで髪を切ったりは……」

「してないわよ」

あはは、と声を立てて笑った栄さんは、店の扉をくぐってきたときの明るい女性に戻っていた。

「でも、恨んで切っていたのに、どうして美容師さんになろうなんて思ったんですか？」

「それよ。聞いてくれる？」

人懐っこそうに栄さんはテーブルに身を乗り出した。

早乙女さんの占いの邪魔をしてしまっただろうかと顔をうかがうが、彼も話を聞くつもりらしくテーブルの上で手を組んでいる。

「あたしね、二十年くらい前に、綾（あや）っていう十歳前後の女の子に公園で出会ったの」

懐かしそうに栄さんがほほえむ。

「その公園ね、昔あたしが住んでいたところなのよ。近所のおかみさんに陰口をたたかれながら、たまにやってくる旦那さんを待つだけの小さな家で、いい思い出なんて何もなかったけど、殺された恨みがあったからなのか、あたしはずっとそこに身を隠していた。家が壊されて、違う家が建って、焼け野原になって、公園になって……」

遠い眼差しを宙に向けていた栄さんが、わたしに目を向けた。

「綾はいつもその公園にいたのよ。髪切りなんて妖怪はとうに忘れられて、あたしはただそこにいるだけのモノになっていたけど、どうしてもその女の子が気になってねえ。学校に行く時間から、暗くなっても、ずっといたから。晴れた日は木陰のベンチにいて、雨の日はコンクリートのすべり台の下に入り込んでた。理由なんか当時のあたしは考えなかったんだけど、ある日声をかけてみたのよ」

「どうしてですか？」

「だってせっかくの髪が伸びっぱなしで汚れていたから」

栄さんの話す綾ちゃんの姿を思い浮かべ、嫌な予感が胸をよぎる。

「服もいつも汚れていて、同じ年頃の子どもたちに『汚い』『くさい』って言われてた。何十年も前はそんな子どももめずらしくはなかったけど、あの頃はもうあまり見かけなかったのにね。それで声をかけたのよ。『髪を切ってあげようか？』って」

栄さんの口元が嬉しそうな曲線を描く。

「それまではね、綺麗な髪を恨みに思って切っていたけど、そのとき初めて、髪を綺麗にするために切ったのよ。薄暗くなって、誰もいなくなった公園で、水で洗って、櫛で梳いて、剃刀で少しずつ少しずつ切ったわ。綾はとても大人しくて、でも、嬉しそうにしていた。よく考えてみたら、そのときのあたしは、こんな服を着ていなかった。ずたずたにされた着物と髪のままそこにいたんだもの。あの子はよくあたしを見て逃げなかったものだって、あとから思ったんだけど、でももしかしたら、あたしの姿よりも怖いものを知っていたのかもしれないね」

惨殺されたままの姿よりも恐ろしいものを十歳くらいの女の子が知っていたなんて信じたくなかったけれど、その姿の栄さんにやさしくされたことを喜ぶくらいに辛い生活を送っていたということなのかもしれない。

「綾は綺麗になった髪を見て、あたしに『ありがとう』って言ったんだよ。これまで化け物だと恐れられていたあたしにね」

「それは嬉しいですね」

早乙女さんの言葉に栄さんはうなずいた。

「嬉しかったよ。嫌われて、恨まれて、恐れられたあたしが礼を言われるなんて……！」

栄さんは瞳を輝かせる。

「綾は、それからもいつも公園にいることは変わらなかった。だからね、いろんな話を聞いたよ。両親は離婚して、今は母親とふたりで暮らしているんだとか、でも母親は綾が家にいることが嫌みたいで、母親が夜に仕事へ出かける時間に家に帰って眠って、母親が帰ってくる前には家を出るんだとか。いじめられるから学校には行きたくなくて、ずっと公園の隅にいるんだって言ってたかしら」

「その……綾ちゃんを助けてくれる人は誰もいなかったんですか？　公園なら、小さい子を連れてくる大人がいたんじゃ……？」

「面倒事には関わりたくなかったんじゃない？　誰も、まるでそんな子がいるのが見えていないみたいだったよ」

つい唇を噛んでしまった。

そこにいるのに、見えていない。

大人のわたしでも辛かったんだから、小学生くらいの女の子はもっと辛かったんじゃないだろうか。

「綾はね、誰も助けてくれないことが、当たり前だと思っていたみたいだった。だからあたしに声をかけられて驚いたし、嬉しかったんだって。それでも綾が毎日なんとか頑張れたのは、小さい頃に父親に買ってもらった花の髪飾りがあるからだって言ってた。特別なものじゃなくて、子どものおもちゃのようなものだけど、それが綾の宝物だったんだよ」

栄さんが鞄から取り出したのは、数百円で買えそうなプラスチックの花がついた髪留めだった。彼女はそれを手の中で転がす。

「人の中で暮らし始めた今だからわかるんだけど、あの子は親に捨てられていたんだね。一緒に暮らしているように見えて、あの子はひとりぼっちだったんだ。あたしはね、旦那さんがやってくるたまの日以外は、ひとりきりで、本当は寂しかった。あの子もひとりきり、ただ公園の隅に座っていたんだ。辛かったろうね」

酷いと言うことは簡単だけれど、もし自分が見ている側だったら何かできたかと問われれば、きっと何もできなかったと答えるだろう。

「しばらくして、綾の父親が娘が置かれている状況を知って、迎えに来たんだ。綾は父親に引き取られることになったって言って、あたしに宝物の髪飾りをくれた。それがこれ」

指でつまんだ髪飾りを、栄さんはあらためて見せてくれた。

「あの子は最後の日、あたしに髪を切ってもらえたことが本当に嬉しかったと言ってくれた。だからあたしは、あの子の髪を切りそろえて、いっとう可愛らしくして、送り出したんだ。心が裂けそうなくらい寂しかったけれど、あの子の幸せを願って。元気なら、もう立派な大人になってるだろうね」

栄さんはくしゃりと笑った。

「あたしもねえ、綾が嬉しいと思ってくれたのと同じくらい、喜んでもらえたことが嬉しかった。それでなんとか人間の世界にまぎれて、髪を切る仕事ができないかと思ってね、美容師って人に弟子入りして働きながら学ばせてもらったの。試験を受けて、美容師になって……。それからあちこちの店で雇ってもらって腕を磨いてきたってわけ」

話を聞き終えた早乙女さんは、カードの束を手にして、とんとんとそろえた。

「人の中で生きていけるか不安だということでしたね？」

「そう」

「ですが、これまでも人の中で生きてこられた。その不安は、具体的にはどういうことでしょうか？」

「うん……」

栄さんは迷うように口ごもった。

「たしかにこれまではうまくやってきたって思ってるよ。でもあたしの本当の姿が見える人もいるだろうし、何かの拍子に見えてしまうことだってあるかもしれない。あたしは人を喜ばせたいんだ。それなのに人ではないと知られて怯えさせてしまう日が来るんじゃないかと思うと不安で……」

「では、どうしたら人の中で人として働き続けられるか、ということでしょうか？」

「でも、わたしから見ても、栄さんは妖怪には見えませんよ。普段見えない人がそれに気づくなんて、あるんでしょうか？」

見える——妖怪の存在を知っているわたしにさえ、人間にしか見えないのだ。普通なら、栄さんが妖怪の類いだなんて思う人はいないだろう。

早乙女さんは顎に拳をあててしばし悩む。

「可能性はゼロではありません。美容室には、鏡がありますからね」

「鏡？」

「鏡には本当の姿が映ることがあるんです。普段は見えなくても、鏡を通すと見えてしまうことが」

わたしは栄さんを見た。目をこらせば、もしかしたら血に濡れてずたずたに切りつけられた栄さんの姿が見えるかもしれないが、その勇気はなかった。

彼女は仕方がなさそうに肩をすくめる。

「恐れられていたときはよかったんだよ。でも、人に喜んでもらう嬉しさを知ってしまったから、恐れられるのが怖くなったんだと思う」

そう言って栄さんは「たぶん」とつけ加えた。不安の理由に確信が持てないようだった。

「では、まずはあなたの不安が、どうしたら解消できるか占ってみましょう」

早乙女さんがいつものようにテーブルの上でカードを混ぜ始める。そしてわたしの占いをしたときのように、三つに分けたカードを栄さんの手でひとつに重ねてもらい、そこから選んだ一枚を左上に置く。

「過去は〈カップのA〉」

雲から宙に差し出された手が、水をあふれさせる聖杯を支えている。カップに飛び込もうとしている白い鳩の意味はわからないけれど、白い鳩は平和の象徴だと言われるし、悪いものではなさそうに見える。

「現在は〈ソードの2〉の逆位置」

右下に置かれたカードでは、目隠しをした女性が、二本の剣を手にして腕を交差している。目隠しだから、見えないとか、見たくないとか、そういう意味かもしれないが、逆向きだから違う意味になるのだろう。

「未来は〈ペンタクルの6〉」

さらに右下に置かれたのは、天秤を持った男性の足下に、ふたりの男性が跪（ひざまず）いている絵が描かれたカードだ。天秤を持った男性は、足下のひとりにお金らしきものを渡している。

「アドバイスは〈カップの2〉」

早乙女さんはさらにもう一枚、右下に置いた。翼の生えたライオンの顔の下で、男の人と女の人がそれぞれに手にしたカップを差し出している。結婚式のような、何か契約めいたものを感じる。

「あなたを取り巻く環境は〈カップの5〉の逆位置」

そのカードは、〈カップの2〉の右上に置かれた。

黒いマントの男性が、倒れて中身のこぼれた三つの聖杯を前にうなだれているが、彼の後ろにはまだふたつ、こぼれていない聖杯が残っている。

「障害は〈カップの4〉」

さらに右上に置かれたカードに描かれている男性は、三つの聖杯を前に腕を組んで悩んでいるのだが、彼の目の前には、もうひとつカップが差し出されている。せっかく差し出してもらっているのに、彼は目の前の三つの聖杯にばかり目を取られて、それにはちっとも気づいていないようだった。

「最終的な結果は……〈死〉のカードです」

最後の一枚がさらに右上に置かれた。死のキーワードにどきりとする。

白馬に乗った骸骨が、黒い旗をなびかせており、足下には倒れた人もいれば、祈っている人もいる。

「〈死〉のカードは悪い意味ではありませんよ」

七枚のカードはわたしのときとは違い、V字型に並べられた。

「これはホースシュー、馬蹄のスプレッドです」

どうやら、V字ではなくU字のようだ。七枚のカードを見つめていた早乙女さんが、過去として引いた〈カップのA〉を手にした。

「カップというのは、感情の流れを表すカードです。その中でもAは始まりを意味します。このカップからは水があふれています。ですから、満ち足りているという意味にもなります」

「美容師になれて満足しているってことかしら」

「そうかもしれません」

早乙女さんは〈カップのA〉を置き、〈ソードの2〉を指さす。

「〈ソードの2〉の逆位置は、問題に向き合っていない現状です。もしくは、あなたの抱えている問題は――不安の原因が、思っていることと少し違うのかもしれませんね」

「人に恐れられることが不安なわけじゃないってこと？」

「もちろんそれも不安なのでしょうが、根本的なところが違う可能性があります」

その言葉に、栄さんがカードを見つめて考え込む。

「アドバイスに出た〈カップの2〉ですが、これは話し合いのカードです。本音で話し合うことで、この未来の〈ペンタクルの6〉、あなたの不安を取り除いてくれる誰かに出会えるということです」

「本音……」

ぽつりとつぶやいた栄さんが、細い眉を寄せた。

「この〈カップの5〉の逆位置は、あなたを取り巻いている環境です。カードの中のこの男性にはいくつかの選択肢がありますが、目の前の三つはもう選べないようです。彼はこの三つしか選択肢はないと思って悩んでいるようですが、実はまだ目を向けていない二つの道が残っていて、それに気づいていません」

早乙女さんは、カードの中で倒れた三つの聖杯、それを前にうなだれている男性、倒れていない二つの聖杯と、順に指をさす。

「あたしはこの倒れたカップにばかり目を向けているってことかしら」

「心当たりが？」

「いいえ……でも……」

戸惑い顔の栄さんに、早乙女さんは障害のカードを指し示す。三つの聖杯を前に悩んでいる男性のカードだ。この男性もまた〈カップの5〉と同じように、目の前のカップにしか目を向けておらず、差し出されているもうひとつのカップには気づいていない。

「この〈カップの4〉は、あなたの未来を邪魔するものです」

「腕を組んで悩んでいる場合じゃないってこと？」

「そうですね」

「わたしは差し出されているカップに気づいていないのも気になります」

思わず口を挟んでしまったわたしは、慌てて口元を隠したが、早乙女さんは同意するようにうなずいた。

「心配事があると、周りが見えなくなることがあるでしょう？　彼はおそらく、そういう状態なんです」

「つまり、あたしもってことよね。恐れられることが不安ってことにばかり目が向いて、その本当の理由から目を背けているってことかしら」

「ええ。ただ、あなたを不安から救ってくれる人がいるとカードは言っているので……」

早乙女さんは展開したカードをしばし見つめ、ひとつの束に戻した。

「あなたの不安を取り除いてくれる誰かが、どこにいるのか占ってみましょうか。何か心当たりが見つかるかもしれませんから」

早乙女さんは、カードを切るとカウンターに並べ始めた。十二枚を円にして置く。

「吉方位や探し物の場所を知りたいときに、こうして見るのですが」

言いながら早乙女さんは、並べたカードの中から片手に剣をかかげ白馬を駆る騎士のカードを手にした。

「〈ソードの騎士（ナイト）〉。簡単に言えば、〝突き進め〟というカードですので、探し物を言い当てるのに一番ふさわしいです」

「方向は？」

「上を北として見ますから、ここから北北西ですね」

「北北西……」

　栄さんがスマートフォンを取り出して、地図アプリを表示する。拡大と縮小を繰り返し、彼女はそれを並べられたカードの隣に置く。

「あたしがいた公園も、ここから北北西ね」

「そこを離れられてから、戻ったことは？」

「ないわ。いい思い出ばかりでもないから」

　目を伏せた栄さんをじっと見つめていた早乙女さんがうなずいた。

「わかりました。一度訪ねてみましょう」

　その言葉に、栄さんの目に不安が浮かぶ。

「あたしが行かないと駄目かしら」

「我々で先に見てきますよ。離れてもうずいぶん長いのでしょう？　おそらく、風景も人も変わってしまっています。そんなところへ不安を抱えて訪ねても、以前との違いにばかり目を取られて、今見るべきものを見つけられないかもしれませんから」

「さっきのカードと同じね」

力なく笑った栄さんが、申し訳なさそうな顔をした。

「それじゃあ、面倒をかけてしまうけれどお願いするわ」

「進展があってもなくても、数日中には連絡をします」

「ごめんなさいね。ありがとう」

栄さんは早乙女さんとわたしに頭をさげて、帰っていった。

彼女を見送って戻ると、受付カウンターですあまが丸くなっていた。その背を撫でながら早乙女さんに問いかける。

「どうやって探すつもりなんですか？　公園の近くにいるかもしれないってことしか、わからないんですよね？」

「見えたんですよ」

カウンターにもたれた早乙女さんが言った。

「見えたって、未来がですか？」

「栄さんは、三十代くらいの茶色い髪にゆるくパーマをかけている女の人と一緒に、美容室と思しき店で働いていました。おそらくその人でしょう」

「その条件に当てはまる美容師さんは、少なくはないと思いますけど」

「ですよね」

早乙女さんが溜息交じりにつぶやく。

「僕に見えたものを、優凪さんに見せられたらいいのに」

彼は取り出したメモ帳に鉛筆で何か描き始めた。

「えっと、こんな感じです」

「………」

そこにはお世辞にも上手いとは言えない何かが描かれている。

早乙女さんは神さまに一物も二物も与えられているのだと思っていたが、どうやら絵の才能は与えられなかったみたいだった。

女性とか男性とか、それ以前に、人間なんだろうか？

コメントしづらい絵を前に、わたしは口をつぐんだ。

「じゃあ、栄さんが昔いたっていう公園の近くの美容室を探せばいいんでしょうか？」

「それで見つからなければ、視点を変えなければならないでしょうね」

「ちょっと調べてみます」

わたしはパソコンのキーボードを叩いて、目的の公園周辺にある美容室を検索した。

美容関係の予約サイトには、スタイリストが写真つきで紹介されている。表示された数軒の店を順にチェックしていく。

髪の長さや色は、写真を撮ったときと変わってしまうので、あまり参考にはならないだろうが、顔はそれほど変化するものではない。カウンターの中に入ってきた早乙女さんがディスプレイを覗く。

「この中にはいませんか？」

「いませんね」

「そうですか……」

予約サイトに登録していない店ももちろんあるだろうと、公園周辺の地図を表示してあらためて美容室を検索してみる。表示された店名を目で追っていたわたしは、その中のひとつを指さした。

「これ、『Ａｙａ』ってお店があります」

「綾さんの『Ａｙａ』かもしれませんね」

店名に名字や名前を使うことは、それほどめずらしくはない。ただ、〝アヤ〟という名前がめずらしいかといえば、そうでもないけれど。

「まずはこの店を訪ねてみますか？」

「なんだ、出かけるのか？」

パソコンの傍らで寝ていたすあまがぱちりと目を開けた。

「何、すあま。出かけたいの？」

「うむ。万里子とはよく落語を聞きにいったりしたぞ。優凪は買い物以外はひきこもりだからな」

「すみませんね」

出かければ人に会わざるを得ない。そうすれば、何も見えないふりで視線をうつむかせて歩くことになる。正直、楽しめないのだ。だからできるだけ家から出ないようにしているだけだ。

それなのに、早乙女さんは名案とばかりにとんとんとカウンターを指先で叩く。

「優凪さん、明日、この店に行ってみてもらえませんか？」

「わたしがですか？　でも、会っても早乙女さんが見た人かどうかは、たぶんわかりませんよ」

早乙女さんが描いた絵をちらりと見る。……ある意味芸術かもしれない。でも、絶対にわからない自信があった。

「早乙女さんが行ったほうが早くないですか？」

「…………」

早乙女さんが深刻な表情で黙り込んだ。どうしたのだろうかと不安になって、その顔をうかがうと、彼がおもむろに口を開く。

「実は僕」

何やら重大な告白をされそうで身構える。

「方向音痴なんです」

早乙女さんの発言に、わたしは思わず彼を見つめた。

「…………」

「…………」

無言で見つめあった末、確認するために彼の言葉を繰り返す。

「方向音痴」

「はい」

意外すぎる理由に呆気にとられたままのわたしへ、早乙女さんはどこか得意げに口を開く。

「このビルの前の大通りをはさんだ向こうのビルのお店に行って帰れなくなったことがあります」

「それは自慢できませんからね」

神さまは、早乙女さんに見た目の美しさを与えたところで力尽きてしまったのかもしれない。

「地下から出た瞬間、自分がどっちへ歩けばいいかわからなくなったりしませんか？」

「まったくないとは言いませんけど……。毎日ここへ通っているんですよね？」

「それは大丈夫です。このビルの上の階に部屋があるので、エレベーターでドア・トゥ・ドアです」

「買い物は？」

「ネット通販って便利ですよね」

「そうですか」

まさかわたしは受付のためではなくて、外に出る仕事のために雇われたのだろうか。そもそも今まではどうしていたのか。早乙女さんと同じようにあやかしの支援をしている人が他にもいるそうなので、外注も不可能ではないだろうけど。

ともかく、早乙女さんが重度の方向音痴であることはわかった。でもわたしだって不安を抱えている。

「わたし、知らない人と話すのは得意ではないんですけど」

お店に行くことはできても、そこで働く美容師さんとうまく話ができるとは思えない。

あたりさわりのない雑談ならともかく、彼女が栄さんが話していた綾ちゃんなのか、そうでなくても栄さんと何らかの関わりを持つ人なのかどうかを聞き出すなんて、できるはずがない。

それなのに、早乙女さんはにこにこ笑っている。

「優凪さんなら大丈夫ですよ。僕とも話せるようになったじゃないですか」

それは早乙女さんがわたしと同じく見える人で、コミュニケーション能力に長けたやさしい人だからだ。

「でも……」

往生際悪く断る理由を探そうとしたわたしの前で、すあまが短い後ろ脚で立ちあがって胸を張る。

「吾輩も一緒に行ってやろう。百人力だぞ」

丸い目に自信をみなぎらせる彼を見て、ひとりよりはましだと思うことにした。

これも仕事なら仕方がない。

「わかりました。頑張ってみます」

わたしがうなずくと、早乙女さんはほっとしたように目を細めた。

栄さんが言っていた公園では、親や祖父母と思しき人たちに見守られて、小さな子どもたちが遊んでいる。けれど、にぎやかなところには人ではないモノも集まりがちだ。姿が透けた子どもが、楽しそうな親子の様子を見つめているのに気がついて、わたしはそっと視線を外した。

コンクリートのすべり台があったと聞いていたが、今はその姿はない。代わりに、まだそれほど古くはない遊具が隅のほうにある。ブランコやすべり台といった個別の遊具ではなく、ひとつにまとまったものだ。もう少し遅い時間に来たら、小学生もやってくるのかもしれない。でも今どきの子は習い事が忙しくて、公園で遊ぶ余裕などないだろうか。

そんなことを考えながら向かった美容室Ａｙａは、その公園を見渡すことができる場所にあった。小さな店で、入口には色とりどりの花が飾られている。たしか、ペチュニアという花だ。母がまだ元気だった頃、アパートの狭いベランダで育てていた。いつもコップで水をやっていたことを思い出す。

花を眺めていると、頭上でチリンチリンとドアベルが鳴った。見やれば、ジョウロを持った女性が立っている。三十代くらいだが、癖のない長い黒髪をひとつにまとめているので、早乙女さんが言っていた人の特徴には当てはまらない。顔は……あの絵と似ているかどうか、さっぱりわからなかった。

「どうかされました？」

目を丸くした女性に、わたしは慌てた。

「すみません。お花が綺麗だったので」

「あら、ありがとう」

にこりと笑った女性が腰につけたバッグからは、ハサミが覗いている。おそらくこの店の美容師さんなのだろう。

「元気がなさそうだけど……大丈夫？」

「えっと……」

母のことを思い出して感傷に浸っていたのが顔に出てしまっていたようだ。

わたしはもう一度懐かしい花に目を向ける。

「母はこの花が好きだったなあと思って」

「そうなのね。お母さまと気が合いそう」

深い事情は訊かず、その人は花に水をやる。わたしの言葉に、母とはもう会えないことを察してくれたのかもしれない。

落ち着いた雰囲気の女性に、彼女とならば話ができるかもしれないと思ったが、何を訊けばいいのかわからずに立ち尽くした。

本当に、役立たずだ。

店の前にぼんやり立っていても邪魔になってしまうだろうと、立ち去ろうとしたわたしの足をすあまが止める。

「おまえな！　ここで帰ってどうするんだ⁉」

「う……」

反論できずに声を漏らしたわたしを見て、美容師さんは首をかしげる。

ほら、怪訝に思われてる。

「あ、こ、ここのお店の名前……あの……」

急に店名について訊ねるなんて不審でしかない。言い訳を考えて慌てるわたしに、美容師さんはにこりと笑った。

「わたしの名前ですよ。自分の店に自分の名前をつけるなんて、ちょっと安直かしら」

「そんな……全然、いいと思います。アヤって……おしゃれな感じですし」

「ありがとうございます」

顔が熱くなった。たぶん、真っ赤になっていることだろう。

恥ずかしくなって花に目を向けるふりで顔を背ければ、美容師――アヤさんは何も言わずに水やりを再開した。

美容室の窓に、メニューの料金表が貼られているのに気づいて、わたしは何度か開閉を繰り返した唇から、思い切って声を出す。

「あの、えっと、髪を、切りたいなって思ってて。でも、予約しないと、無理ですよね？」

「あら、ちょうど空いているし、切っていかれます？　気分転換にもなりますよ」

嬉しそうに笑ったアヤさんに、わたしはぺこりと頭を下げた。

「……じゃ、じゃあ、お願いします」

案内されて店に入り、レジが置かれた受付カウンターで名前を書いていると、傍らに飛び乗ってきたすあまが声をあげる。

「お！　吾輩がいるぞ！」

「え？」

声につられて彼が見ているものに目を向ければ、ジョウロを片付けて戻ってきたアヤさんがくすりと笑った。

「あら、これ？　すねこすりって妖怪ですよ。妖怪とかお好き？」

三センチくらいの置物は、先日インターネットで検索したときに出てきた画像を精巧に立体化したようだった。ころりと丸くて可愛らしい。

「詳しくはないんですけど知ってます。スコティッシュフォールドに似てますよね」

「わかる！」

ふふっと笑ったアヤさんは、指先ですねこすりのフィギュアをつつく。

「犬か猫かって訊かれたら、猫よね。猫ってこう、足下にすりすりしてくるでしょ？」

彼女に勧められて鏡の前に座ると、店内のあちらこちらに妖怪グッズが点在しているのが見えた。怖いというよりは可愛いぬいぐるみやおしゃれなフィギュアが、植物などのインテリアの影から覗いている。

「なんだ、なんだ。たくさん仲間がいるじゃないか」

すあまが嬉しそうに鉢植えを覗き込む。どうやらそこにも何か置いてあるらしい。

「――妖怪が、お好きなんですか？」

「そうなの。でも美容室だし、あんまり前面に押し出してもおかしいから、ちょっと控えめにしてるんだけど、わたしの部屋なんて凄いわよ」

彼女は楽しそうにふふっと笑った。

丁寧にケープを着せてもらい、鏡の中から問いかけられる。

「髪型はどうします？　そろえるだけか、思い切って短くしちゃうとか」

「えっと……」

助けを求めて、思わずすあまに目を向ける。彼はこちらを見ることもなく前脚をふって、

「切ってしまえ！」

と言った。どうやら妖怪探索に忙しいらしい。

わたしの迷いを汲んでか、肩よりわずかに下辺りを指でつままれる。

「あの……少し、短めに……」

「これくらいにします？　結ぼうと思えば結べるから」

「はい。お願いします」

ヘアクリップで髪を留めるアヤさんを鏡越しに眺めながら、緊張でお腹が痛くなってきた。子どもの頃からこの周辺で育ったのかと訊くのは、不自然ではないだろうか。どうしてそんなことが知りたいのかと訊かれたら？　この街の昔のことを知りたいからなんて言うのは、余計に怪しい気がする。

考えれば考えるほどわからなくなって身体を強ばらせていると、鏡の中のアヤさんと目が合った。

「あ、あ、あの。そこの公園……妖怪がいるって聞いたことがあって……！」

焦ったわたしの口から出たのは、そんな突拍子もない話題だった。鏡に映る顔が赤くなっているのが余計に恥ずかしい。嫌な汗が背中を流れ落ちていく。

一度口から出てしまったものを引っ込めることもできず、きょとんとしたアヤさんの反応を待った。彼女はすぐに唇を緩めてほほえむ。

「ええ、〝髪切り〟っていう妖怪ですよ。あれ」

アヤさんが指さしたのは、くちばしがあって両手がハサミの妖怪のぬいぐるみだった。

「よく妖怪図鑑に描かれているのは、あんな姿ですけど」

愉快そうに彼女は目を細める。

「わたし、子どもの頃、髪切りに髪を切られたことがあるんです」

「え……切られた、って……」

「個人的な感覚としては、切ってもらったって感じなんですけど」

一瞬、彼女にとって髪切りとの思い出は悪いものなのかもしれないと思って緊張したが、どこか懐かしげな口ぶりに、そうでもないようだとほっとする。

「馬鹿げた話でしょ？」

「いいえ」

このアヤさんが、栄さんが話していた綾ちゃんに間違いはないだろう。栄さんは綾ちゃんの他にも髪を切った子がいるとは言っていなかったし、いたとしてもまさか同じ名前とは思えない。

　わたしは彼女の表情をうかがいながら、恐る恐る問いかける。

「髪切りっていう妖怪は、怖いものじゃなかったんですか？」

「そうねえ……」

　少しだけ迷うように間を挟んで彼女はうなずいた。

「見た目は怖かったかしら」

　そう言いながら彼女が浮かべたのはほほえみで、恐怖ではなかったことに安堵する。

　そしてふと思った。

　栄さんが恐れているのは、それなのではないかと。

　人を喜ばせたいと考えるきっかけになった綾ちゃんに怖がられることが、栄さんにとって誰に怯えられるよりも一番怖いのではないだろうかと。

「今はもう、いないんですか？　その、そこの、公園には」

「わたしが戻ってからは、一度も見てないわ。髪切りって妖怪が出るって噂も、最近ではこの辺りに住んでいても聞かないんじゃないかしら。妖怪好きの間では、そこそこ知られているみたいだけど」

石碑が建てられているわけでもなければ、昔話として語り継がれているわけでもない。興味のない地元民に忘れられるのは仕方ないのだろう。

でも綾さんはまだ覚えていて、どこか懐かしそうに髪切りさんに会ったことを語る。

「あ、あの、また、会いたいとか、思いますか?」

「そうね……」

彼女はわたしの髪を梳きながら、わずかに首をかしげ、唇を開いた。

「早乙女さん、これ!」

髪を切ってもらってから一週間。リヒトミューレのパソコンに届いたメールを見て、早乙女さんを呼んだ。

「栄さんからですか?」

栄さんが避けていた公園のすぐ傍で綾さんが美容室を開いていることを報せてから、栄さんがどんな選択をしたのかはわからなかった。けれどメールに添付された写真には、ふたりの女性が写っている。ひとりは栄さん、そしてもうひとりは綾さんだ。

「ほら、この人です。茶色いウエーブの髪の女性」

栄さんは、二十数年ぶりに綾さんの髪を切ってあげたらしい。髪の色を変え、ゆるくパーマをかけた綾さんは、わたしが会ったときとは雰囲気がまったく違った。

そして、とても嬉しそうに笑っている。

「僕が描いた絵のままでしょう？」

自信ありげに言った早乙女さんの言葉は聞こえないふりをした。

早乙女さんに言われてのことではあったけれど、綾さんを捜しに行ってよかったと思った。うまく話せなかったし、綾さんがやさしい人だったからよい結果を得られただけだとしても。

「なんだか、優凪さん、明るくなりましたね」

「わたしがですか？　髪を切ったからじゃないですか？」

髪型のせいでないなら、わたしには新しい職場と話し相手だけじゃなく、気分転換も必要だったのだろう。

少し短くなった髪に触れて、唇の端が上がるのにまかせてわたしは笑みを浮かべた。

Episode.03

吾亦紅（われもこう）の花言葉

リヒトミューレに、今夜ひとり目のお客さんがやってきた。淡い色の花柄のワンピースを身に着けた老齢の女性だ。けれど彼女が上品なだけの普通のおばあさんではないことは、扉をすり抜けてきたことから一目瞭然だった。

「いらっしゃいませ」

声をかけると、彼女は顔のしわを深めてにこりと笑った。

「占っていただきたいんだけれど、いいかしら？」

わたしが案内するまでもなく、奥の部屋から早乙女さんが顔を出した。

「いらっしゃいませ、〝座敷童〟さん」

「まあ、よくわたしが座敷童だと気づかれたわね。こんなにおばあちゃんなのに」

早乙女さんは穏やかにほほえんで、座敷童さんを奥の部屋へ案内した。呼ばれなかったので、今回は同席しなくてもいいのだろう。

すあまと共にカウンターに残ったわたしは、パソコンで座敷童を検索した。座敷童というのは、家などに棲む妖怪で、人にいたずらをしたり、見た人を幸せにすると言われている。その姿の多くは短い髪に着物姿の子どもとして描かれているようだ。

「何を占いましょうか？」

「わたしがこれまでお世話になっていたお宿の未来を占って欲しいの」

「宿にいらっしゃったんですか」

「ええ。でもそこを離れることになったものだから、この先のことを占って欲しくて」

「離れなくてはならないんですね」

「そうなの」

女性の声には寂しさが滲んでいた。

「わたしをとっても大事にしてくれるお宿だったから、忘れられて消えてしまう心配なんてしなくてもいい、優良物件だったわ。本当は離れたくないけれど、もういかなければならないの。でも心配で」

「わかりました。あなたが離れることで宿がどうなるのか訊いてみましょう」

カードをかき混ぜる軽い音に続き、テーブルに置く音が聞こえた。

「そうですね……〈ワンドの3〉が出ているので、一歩前へ進むときのようです」

「これは、海を眺めているのかしら？」

わたしはカウンターに置いてある分厚いタロットカードの本をめくった。

〈ワンドの3〉を探すと、そこには崖の上に突き立てられた三本の棒のうち、一本を握った男性が、海の彼方を見つめる姿が描かれている。

「ええ。旅立ちのとき、旅立ちのタイミングがやってくるという意味です。宿には変化が訪れそうです。あなたが去るので、今のままというわけにはいかないのかもしれませんが、それは悪い変化ではないはずです」

「そう。それならお宿の主人を信じましょう」

早々に部屋を出てきた座敷童の女性は、カウンターに座るわたしへ名刺サイズの紙の束を差し出してきた。

「これね、わたしがお世話になっていたお宿のカードなの。ここに置いてもらえないかしら？」

和紙の風合いがやさしい雰囲気をかもし出すカードには、『古民家宿　吾亦紅（われもこう）』と深い紅色で印刷されている。

「素敵なカードですね」

「お宿も素敵よ。田舎でのんびりしたくなったら行ってみてちょうだい」

穏やかにほほえむ女性からカードを受け取りながら問いかける。

「あの、吾亦紅って……どういう意味なんですか？」

「あら、知らない？　花の名前よ。花言葉は色々あるけれど、『変化』『移りゆく日々』『明日への期待』。変化を恐れないところが素敵でしょう？」

「はい」

それはまさに、先ほどの占いの結果のような言葉だった。

「吾亦紅はね、華やかではないけれど、よい香りがする薬草なのよ」

おっとりと笑んだ彼女はそう言い残し、リヒトミューレを後にした。


翌日やってきたのは、茶色く染めた髪をふわりとなびかせた二十代半ばの女性だった。

会社帰りなのかカーディガンとパンツのカジュアルながらも落ち着いた服装だ。

特別めずらしいわけでもない女性だけれど、その後ろに連れているモノに目を奪われた。女性の傍らで、十歳にならないくらいの男の子が、丈の短い着物から、膝小僧を見せている。

男の子は人ではない。そして、女性には見えていない。

その姿はまさに昨日検索した座敷童だった。

店内に所狭しと飾られているリヒトミューレを驚いたように眺めている女性へ、慌てて声をかける。

「いらっしゃいませ」

「予約した伊藤(いとう)です」

予約表で確認した名前は「伊藤小夏(こなつ)」さんで、仕事についての相談があるようだ。

「これ、綺麗ですね」

「リヒトミューレといって、中の羽根は光で動いているんだそうです」

ガラス玉を眺める小夏さんに説明しながら、わたしは手のひらで奥の部屋を示す。

「あちらのお部屋へどうぞ」

にこりと笑って足を踏み出した女性に、一緒にやってきた少年もついていった。

カウンターに残ったわたしは、問い合わせメールのチェックをしながら、漏れ聞こえてくる声へ聞くともなしに耳を傾ける。

挨拶を交わして、ひとつふたつ雑談を挟んでから、小夏さんは早乙女さんに相談内容を話し始めた。

「わたし、旅行会社で添乗員をしているんです。好きな仕事ですし、楽しいんですけど、何か……違う気がしてきてしまって。それで、転職を考えているんです。でも旅行会社だと、同じことの繰り返しになってしまいそうですから、違う職種のほうがいいのか迷っていて」

小夏さんは仕事が辛いわけではないけれど、満足はできていないようだ。幸せな悩みかもしれない。でも、人生の大半の時間を捧げる仕事のことだけに、大事なことだろう。

「では、どんなことに気をつけて転職活動をしたらうまくいくか占いましょうか」

いつもどおり早乙女さんがカードを混ぜる音がする。次いでカードが並べられたようだ。

「これはスリーカードというスプレッドです。三枚の意味はなんでもいいのですが、今回は一枚目を現在、二枚目を未来、三枚目をアドバイスとして見ていきます」

カードの展開法を説明してから早乙女さんは続ける。

「現在の〈ペンタクルの7〉は思いどおりにならない現実を表しています。この男性はペンタクルの果実が実っているのに、何か不満そうでしょう？　苦労して育てた結果に満足していないようです。それがあなたの悩みの原因でもあります」

「ああ」

小夏さんは、妙に納得したような相槌（あいづち）を打った。

わたしはそっとタロットカードの本をめくる。〈ペンタクルの7〉には、実った七つの果実を残念そうな、そうでなければ憂鬱そうな顔で見つめる男性が描かれている。

「未来は〈ワンドの小姓（ペイジ）〉です。あなたが本当に望んでいるものに向かって、順調に歩み出せるというカードです」

〈ワンドのペイジ〉は手にした背丈よりも長い棒を見つめる少年の絵だ。少年の見つめる先には夢や希望があるのだと、説明には書いてある。

「本当の望み、ですか……」

「この少年は過去のあなたです。少年が見つめているワンドは、過去のあなたが抱いた夢であり希望です。ですから、何故添乗員になろうと思ったのか初心に返って考えてみるのもいいのではないでしょうか」

早乙女さんの言葉に、小夏さんはしばし黙る。

「旅行が好きだから仕事でも旅ができたら最高だって思ったんです。初心とそう遠くはない仕事をしているのに満足できないなんて、贅沢な悩みでしょうか」

「そんなことはありません。よりよい生活を求めることで人は進化してきたくらいなんですから」

早乙女さんはそう言って、短い間を挟んでから続ける。

「まったく違う職種というよりは、添乗員以外の旅行の仕事に就いてみるのもいいかもしれません。現在に出た〈ペンタクルの7〉には、成長のために現状を見直すという意味もあります。この金貨をどうしたらもっと増やせるだろうかと彼は考えているんです」

「いろんな意味があるんですね」

「アドバイスは〈カップの7〉の逆位置ですが、これは夢に向かって踏み出すという意味のカードです。今こそ迷わず、行動するように勧めています」

〈カップの7〉では雲の上にそれぞれ宝石や冠などが入ったカップが七つ載っていて、それを黒いシルエットの人物が見あげている。正位置では雲の上の妄想という意味らしいけれど、逆位置だとその雲の上の妄想の実現に向けて踏み出すという意味になるらしい。

「この七つのカップにはいろいろなものが入っているでしょう？　例えば知恵や、名誉、財宝、そして人。そのどれもが手に入るわけではありませんが、行動することであなたが必要とするものを手に入れることができます。仕事のパートナーなどとの出会いもあるかもしれませんね」

小夏さんはしばし沈黙した。三枚のカードをよくよく見ているのかもしれない。

「結局、一番大事なのは初心に返ることでしょうか？」

「そうですね。自分自身と向き合ってみて、本当にやりたいことを考えてみるのがよさそうです。きっとうまくいきますよ」

「本当にやりたいことが何かって、難しいことですよね。でも、いい機会なので、一度よく考えてみます」

それからいくつか質問を重ねた小夏さんは、三十分ほどで部屋から出てきた。

受付にやってきた彼女は、料金を支払いながらカウンターに置かれた吾亦紅のカードに目を向ける。

「これ、もらってもいいですか？」

「はい、どうぞ」

小夏さんは手にしたカードの両面を見てにこりと笑った。

「和紙の手触りがやさしくて、なんだか気持ちが落ち着くようなカードですね。お宿も気になっちゃう」

「そうなんです、雰囲気がよさそうなので、わたしも行ってみたくて」

旅行なんて何年も行っていない。わたしも座敷童の女性が置いていったこのカードの宿が気になっていた。カードを手にして、指先でザラザラした表面を撫でる。

「一度、仕事じゃない旅に出てみようかな」

小夏さんはそう言って帰っていった。けれどその傍らに一緒にやってきた男の子の姿はない。

「なんだ。さっきの座敷童は帰らなかったのか？」

ひょこりと顔をあげたすあまが首をかしげる。

奥の部屋へ向かうと、座敷童の少年——便宜上童くんと呼ぶことにしよう——は、早乙女さんの向かいの椅子に座っていた。

「お客さんですか？」

「さっきの伊藤さんの会社の座敷童さんだそうです」

床に届かない足をぷらぷらさせながら、童くんは拗ねたような表情で口を開く。

「あの女が占い師のところへ行くと聞いて、面白そうだと思ってついてきただけだ。そこにまさか、おまえたちみたいに俺が見える人間がいるなんて思ってなかった」

どうやら相談をしに来たわけではないらしい。けれど小夏さんについて帰らなかったのには理由があるはずだ。

わたしは勧められる前に早乙女さんの斜め後ろの椅子に座った。

「何かお困り事でも？」

早乙女さんの問いに、童くんは浅くうなずく。

「……俺はあの女の勤めている会社の社長の家に憑いているんだ。でも代替わりした新しい社長は、座敷童なんて全然信じていなくて、昔は毎日あったお供えもなくなった。誰も俺のことなんて見てくれない。だから見棄ててしまおうかと思って」

童くんの目が暗くなった。誰にもその存在を認めてもらえない孤独を感じているのかもしれない。

「伊藤さんのように相談に来たのではないんですか？」

「もう、別に、いい」

ぽつりと答え、童くんはぷいと顔を背けた。

「ですが、新しい家に移れば消えずにいられますよ」

「もう、消えても、いい」

「今のままでいいんですか？」

「もう消えてもいいんだ！」

テーブルの上でぎゅっと手を握り、童くんが叫んだ。

忘れられれば童くんは消えてしまう。でも早乙女さんが言うように別の家に移ることはできるのだろう。

童くんがもういいと言っているのに口を出すのはお節介なのかもしれないけれど、何もせずに消えるのをただ待つのは寂しい気がする。かと言って、自分にできることなどない——と、思いかけたところで、手にあるカードに気づいた。

「あ、あの……」

「どうせどこに行ったって、俺のことなんて誰も信じない！」

「このお宿！」

わたしは手にしたままだった吾亦紅のカードを差し出した。

「このお宿、座敷童をとても大事にしてくれるお宿だって聞きました。消えてしまう心配なんてしなくてもいい、優良物件だって」

早乙女さんがうなずく。

「これまでいた座敷童さんが離れなくてはいけなくなり、おそらく今は守るモノがいないでしょう」

「じゃあなんで、そんなところを離れたんだよ。なんかあるんじゃないのか？」

たしかに女性は宿を離れなければならなくなった理由は口にしていない。

「それは……わかりませんけど」

「とにかく、もう俺は消えてもいいんだ」

拗ねたように言ってうつむいた童くんのつむじを見おろす。

「き、消えてもいいなら、どうしてここに来たんですか？　伊藤さんが転職したいって知って、自分も別の家に移りたいって思ったんじゃないんですか？」

「…………っ！」

顔をあげた童くんは今にも泣きそうだった。本当は、消えたくないのではないだろうか。家を移って消えなくてすむならそれがいい。でも童くんは、転職に怯えていたわたしと同じように、移った先でも同じ目に遭うのではないか不安なのかもしれない。

きっともう、人を信じられないのだ。

「一緒に行きましょう」

思わずそう誘っていた。

「このお宿に行ってみましょう？　わたし、行きたいと思っていたんです」

「な、なんでおまえの旅につきあわなければならないんだ」

身を引く童くんに早乙女さんがほほえむ。

「私もお勧めしますよ。きっといいことがあります」

もしかして、何かいい未来が見えたのだろうかと早乙女さんをうかがうが、彼はほほえむばかりだ。

「いいことってなんだよ」

「行けばわかります」

「なら、行かない」

早乙女さんの言葉にもなびかない童くんをどうやって説得すればいいか言葉を探していると、すあまがひょっこりと部屋に顔を出した。

「旅か！」

テーブルに飛び乗って瞳を輝かせる。

「旅はいいぞ！　行こう行こう！」

「すあまも来るの？」

「あたりまえだ！　おまえひとりでは頼りないからな！」

「う」

まったく言い返せずに呻けば、すあまは童くんをふり返った。

「そら、そこのガキも行くぞ！」

「なんで俺が！」

「いいから行くのだ！　今日か!?　明日か!?」

「待って待って！　行くにしても予約しなくちゃ！」

そしてわたしは次の休日に、童くんとすあまを連れて吾亦紅へ行くことになった。


吾亦紅という宿は、ずいぶん田舎にあった。車の運転はできないので電車を乗り継ぎ、曲がりくねった山道をバスで進んだ。さらにそこから、山に囲まれ畑ばかりが広がる見慣れない風景の中を荷物を抱えて歩き、どこまで行けばいいのか不安になり始めた頃、やっと宿の看板を見つけた。仕事ばかりの生活ですっかり体力が落ちていたので、辿りついたときにはフラフラだったけれど、宿を見た瞬間に疲れは吹き飛んだ。

築百年程度は経っていそうな古い建物は、横に長い二階建てで、日当たりのよい縁側がある。入口には白い暖簾がかけられていて、そんな建物に住んだことはないのに、何故か不思議と懐かしい感じがした。

興味はない、行きたくないと言っていた童くんだったが、嫌々ながらもついてきて、わたしの隣で何も言わずに宿を見あげている。

暖簾をくぐった先の広い土間から声をかけると、明るい声が返ってきた。しばらく待っていると、わたしとそれほど年の変わらない女性が奥から出てくる。髪をヘアバンドで留め、動きやすそうな綿のシャツとパンツのラフな格好をしている。それも建物の雰囲気とよく合っていた。

「予約した市川です」

「いらっしゃいませ。お待ちしていました」

まず一階の広々とした板の間の囲炉裏が目を引いた。縁側に向けてソファーと椅子が置かれていて、そこから山の風景を眺めてのんびりすると気持ちよさそうだ。

「夕食と朝食はこちらにご用意します。それ以外の時間はご自由にご利用ください。お部屋は二階になります」

案内されて急な階段へ向かうと、Tシャツにデニム姿の女性がひとり降りてくるところだった。彼女はわたしを見て軽く目を見張り、にこりと笑う。

「リヒトミューレの！」

「伊藤さん？」

「はい！　伊藤小夏です！」

そこにいたのは、先日リヒトミューレにやってきた小夏さんだった。宿の女性が驚いたようにわたしたちに目を向ける。

「お知り合いですか？」

「こちらの方の勤め先でこのお宿のカードをいただいたんです。リヒトミューレっていう占い屋さんです」

宿の女性は怪訝そうな表情を浮かべた。それはそうだろう。カードを置いていったのは座敷童さんだ。与り知らぬところでカードが配られていると言われれば奇妙に思うのも当然だ。

「お客さまがお勧めの宿だからと置いていかれたんです」

嘘ではないけれど、女性の顔にはありありと疑問が浮かんでいる。

「てまりさん、わたし、夕飯まで少し出かけてきますね」

「はい、お気をつけて」

どうやら宿の女性はてまりさんというらしい。

カードのことをどうやって誤魔化そうかと焦ったけれど、幸いなことに小夏さんが彼女に声をかけたことでうやむやになったようだ。

小夏さんを見送ったてまりさんはわたしに向き直り、階段を手のひらで示した。

「お部屋にご案内します」

案内されたのは畳敷の部屋だった。天井板がなく梁(はり)が剝きだしになっていることで広々と感じられる。部屋自体は和風だけれど、窓辺に置かれた円いローテーブルと二脚の椅子は北欧風の洒落たデザインで、寝室にあるのも二台のベッドだ。

「ごゆっくりどうぞ」

てまりさんが階段を降りていく音が聞こえなくなると、鞄からすあまが飛び出してきた。

「いい部屋だな！　懐かしい感じがする！」

「すあまはこういう家に棲んだことがあるの？」

荷物を置いて窓を開けながら訊けば、「ない！」と元気よく返された。

「童くんは？」

不満そうな表情を浮かべながら黙ってここまでやってきた童くんにも問いかける。

「俺は……」

と、童くんは何か言いかけ、すぐにぷいと顔を背けた。

わたしは窓辺の椅子に腰をおろした。山の緑を背景に、宿の前の畑や、その向こうに流れる小川が見える。

深呼吸をすると、新鮮な空気が肺に染み渡った。空気が美味しいとは、たぶんこういうことをいうのだろうなとぼんやり思う。

「夕食まで休んでていい？」

出かけられないほど疲れているわけではないが、今はこの雰囲気を楽しみたい気分だった。

ひとしきり部屋の中をうろついたすあまが、わたしの膝を踏み台にして窓の桟に飛び乗った。

「吾輩は散歩に行くぞ！　ガキはどうする？」

ふり返ったすあまの呼びかけに、部屋の真ん中にぽつんと立つ童くんはぴくりとも反応しない。

「ふん！　勝手にしろ！」

無理に連れ出すつもりもなかったのか、すあまは一匹で窓から飛び出していった。それを見送ったわたしは、椅子の背に身体を預け、聞こえてくる鳥の鳴き声に耳を傾けながら目を閉じた。

夕食に呼ばれて一階の囲炉裏(いろり)がある部屋へ行くと、先に来ていた小夏さんがテーブルの上に並べられた料理にカメラを向けていた。小夏さんの向かいの席に座り、野菜と川魚の料理を見る。どれも美味しそうだ。

すあまは散歩をして疲れたのか——妖怪が疲れるのかわからないけれど——部屋で丸くなって寝ていたので置いてきた。その代わり、わたしが休んでいる間、部屋の隅でじっとしていた童くんは、暇を持て余したのか一緒にやってきていた。ただ、食事ができるわけではないので、広い板の間をうろうろしている。

夜になって、外からは蛙の大合唱が聞こえてくる。想像以上に大きな音で、田舎は静かなところだと思っていただけに驚いた。眠れるかどうかちょっと不安になるほどだ。

テーブルの傍らに膝をついたてまりさんがお茶を淹れてくれた。

「凄く美味しそうです」

芸のない感想を述べると、料理の写真を撮り終えたらしい小夏さんがてまりさんに問いかける。

「これ、外の畑で作ったお野菜ですか？」

「はい。祖母の畑があるんです」

さっそく汁物に口をつけ、おひたしを一口食べた。味付けもいいが、野菜の味が感じられる。

小夏さんがぱあっと表情を輝かせた。

「美味しい！　おばあさまは、野菜作りがお上手なんですね」

「ええ」

てまりさんはほほえんだけれど、その笑みは少し寂しそうに見えた。

「こちらの宿は、おばあさまとご一緒にされているんですか？」

問いかけると、てまりさんは短く「いえ」と答え、少し迷うような間を挟んで続ける。

「ここはもともとは祖母の宿で、わたしは数年前から手伝ってはいたんですけれど、祖母は二ヶ月前に亡くなってしまったので、今はひとりなんです」

「そうなんですね、ごめんなさい」

「いえ、もう年でしたし、最後までお宿の仕事ができて幸せだったと思います」

てまりさんの言葉は嘘ではないだろうけれど、寂しいことには変わりないと思う。母が亡くなって一年が過ぎても、わたしはまだその喪失感を受け入れがたく思っているのだから。

しんみりとしてしまった雰囲気を変えるように、小夏さんが声をあげる。

「でも、おばあさまのお宿を継ぐなんて素敵です」

「そんな……。わたしは……」

しょんぼりしてしまったてまりさんを見て、小夏さんと視線を交わした。てまりさんが慌てて手をふる。

「申し訳ありません、お客さまの前で。どうぞゆっくり召しあがってください」

てまりさんの深い悩みが、ぎこちない笑顔に表れている。

彼女は他人だ。だから口を出すなんて差し出がましい。でも、黙っていられなかった。

立ちあがろうとしたてまりさんに声をかける。

「あ、あの！　えっと、何かお悩みがあるんですか？　その、年も近いですし、お話を聞いたりできるかも……」

「そうですよ、てまりさん！　今日はわたしたちしかいないんでしょう？　お客さまなんて思わず、お話しましょう！」

おどおどと提案したわたしに、小夏さんが元気よく同意してくれる。

「ほら、わたしたち、悩みの多いお年頃じゃないですか！　わたしも転職の相談をするために優凪さんが勤めてる占い屋さんに行ったんですよ！　話を聞いてもらったら気持ちがスッキリしたし、てまりさんも、ね？」

小夏さんはにこにことしゃべりながら隣の椅子を引いて、ぽんぽんと席を叩いた。

「ほらほら、ここに座って」

困った様子のてまりさんを、小夏さんは少し強引に座らせる。わたしにはとてもできない芸当だ。

小夏さんは予備の湯飲みにお茶を淹れて、てまりさんの前に置いた。

「てまりさんは、おばあさまのお仕事を継ぐのに自信がないとかですか？」

「え、そう、ですね。お客さまにそんな、自信のない宿に泊まっていただくなんて、本当に申し訳ないんですけど」

「もう、お客さまとかなし！」

ぶんぶんと手をふって、小夏さんは茶碗を手にした。

「ご飯は美味しいし、お掃除も凄く丁寧にされてるし、いいお宿だなぁって思いますよ」

話しながらも食事を続ける小夏さんに倣って、わたしも箸を進める。つやつやのご飯も、色とりどりの野菜のおかずも、自分ではなかなか用意できるものではない。旅行の楽しみのひとつはやはり食事だ。それにこの宿は山の中にあり、街中で暮らしている者としては、それだけでもものめずらしい。鳥や虫の鳴き声が騒がしいほどに聞こえるのも新鮮だった。

湯飲みを両手で包んだてまりさんは、そっと目を伏せる。

「でも常連だったお客さまは減ってしまいました。わたしには祖母の頃のように続けるのは無理なんです。祖母がいたときは、宿泊予約も毎日入っていたのに」

「でも！　まだ亡くなられて二ヶ月ってことは、やっと四十九日がすんだってことですよね？　みなさん、気を遣われているのかもしれませんよ」

「常連さんはみなさん、祖母に会いに来ていたんです。祖母がいなくなったのなら、ここに来る意味なんて……」

祖母の宿を残したい気持ちがあるからこそ、てまりさんは宿を続けているのだろう。きっと精一杯、祖母のおもてなしを彼女なりに続けているはずだ。けれどその結果が出ないことに、すっかり自信をなくしてしまっているみたいだった。

自信は、一度なくすとなかなか取り戻せないのかもしれない。

湯飲みに口をつけたてまりさんが、ふと溜息をつく。

「きっと祖母と一緒に、座敷童もいなくなってしまったんです」

「座敷童？」

きょとんとした小夏さんがてまりさんへ身を乗り出した。

「奇遇！　わたしの勤めている会社にも座敷童の話があるんですよ」

座敷童の話題になって、童くんがわたしの隣へやってきた。ちょこんとしゃがみこんで、じっとてまりさんを見つめる。

「社長の家には今の会社になる何百年も前から、座敷童が憑いてるって話があったらしくって。ときどき怪奇現象が起こったりしてたんです。このお宿にもいるんですか？」

「祖母はそう言っていました」

うなずいたてまりさんは、慌ててつけ加える。

「でも、怪奇現象は起こらないので安心してください」

いたずらをしない座敷童なら、一体、何をもって座敷童がいるとしたのだろう。

童くんが手を伸ばしてわたしの湯飲みを倒そうとしたのを、手のひらで押さえて止める。

「何もないのに、座敷童がいるって言われているんですか？」

わたしが訊くと、てまりさんはうなずいた。

「ええ。祖母が、この宿は座敷童のよし子ちゃんに守られているんだって言って、毎日仏壇に手を合わせていたんです。だから姿を見たことも気配を感じたこともないんですが、いるのかもしれないと……」

てまりさんの話に、小夏さんが首をかしげる。

「座敷童って仏さま？」

「妖怪です」

わたしはそう応じたものの、どうしててまりさんのおばあさまが仏壇に手を合わせていたのかはわからない。

「感謝して手を合わせるものとして、仏壇を選んだんでしょうか」

「よし子ちゃんって名前なら、もしかして、本当にいた人なんじゃないですか？　お子さんとか」

「母の姉妹に亡くなった人がいるとは聞いたことはないですが……」

そのよし子ちゃんがリヒトミューレにやってきた、あの座敷童と名乗った老齢の女性であれば、もしかしたらてまりさんのおばあさまの姉妹などの近しい人なのではないだろうか。

「じゃあ、そういう縁のある人が座敷童になってくれたのかもしれませんね」

わたしが言うと、小夏さんがにこりと笑って手を合わせた。

「よし子ちゃんはきっとおばあさまの座敷童だったんですよ。だからおばあさまが亡くなって、一緒にいなくなって、お客さまも減ってしまったのかも！」

もし本当にそうだったとしてもなんの解決にもならないけれど、てまりさんはほほえんだ。

「そうかもしれませんね」

「座敷童さんがいなくなったのが原因なら、ひとまずお客さまが減ったのも仕方ないってことにしましょ。また増やせばいいんです」

「ありがとうございます」

てまりさんは小夏さんの笑顔につられたように笑った。悩みを聞くなんて言って、結局わたしは相槌を打つくらいしかできなかった。情けないけれど、ここに小夏さんがいてくれてよかったと思う。

「祖母が亡くなって、必死で……根を詰めすぎていたのかもしれません。話をして少し気が楽になりました」

てまりさんの言葉がわたしたちのお節介に対する本心なのかどうかはわからない。でも小夏さんはそんなことはちっとも気にしてないようだった。

わたしは隣でしゃがみこんでいる童くんのつむじを見おろす。テーブルを両手でつかんで、やはりてまりさんを見ている。童くんがこの宿を――てまりさんを気に入ってくれるには、どうしたらいいんだろう。童くんはこれまでいた家の人の無関心に傷ついているから、興味を持ってもらえれば喜んでくれるだろうか。

「こんなにいいお宿なら、別の座敷童さんが、てまりさんの座敷童さんとして来てくれるかもしれませんよ」

てまりさんが座敷童に来て欲しいと考えてくれないかと思いながらわたしが言うと、小夏さんがうなずく。

「そうそう。座敷童もお客さんもですよ。おばあさまのお客さんが来なくなったのなら、てまりさんのお客さんを増やしましょう。わたしとか、優凪さんとか」

「そんなこと……」

できるわけがないと言いそうだったてまりさんは、けれど言葉を呑み込んだ。

「たしかに、いつまでも祖母に頼っていてはいけないですよね。自分の足で立つ覚悟が足りなかったのかもしれません」

「そうですよ、てまりさん！　てまりさんらしい宿にするための方法を考えましょう！」

小夏さんは一分でも早く相談したいと言いたげに箸を動かし始める。そんな彼女と、少しだけ元気を取り戻したてまりさんを見てから童くんに目を向ければ、彼は少し寂しそうな目をしていた。

「ほら、もう、座敷童なんていらないんだろ」

ぽつんとつぶやいた童くんは、なんだかひとまわり小さくなってしまったように見えた。

翌朝、朝食を終えてから近所の散歩に出かけた。

「吾亦紅にいたっていう座敷童のよし子ちゃんは、リヒトミューレに来たあの人だと思うのよね。よし子ちゃんって名前があるのは、てまりさんのおばあさまが、明確に誰かのことを思い出していたんだと思うんだけど、童くんはどう思う？」

はたから見ればひとりごとを言う不審な女に見えるかもしれないけれど、畑の中の一本道に人影はない。よくよく見れば、ずっと遠くに畑仕事をする人の姿がないわけではないけれど、そこまでは聞こえないだろう。

つまらなそうな顔で歩いている童くんは、楽しくなさそうに答える。

「知らない」

「おまえはつまらないやつだな」

丸いお尻をぷりぷりふりながら先を歩くすあまがふり返った。「ふん」と顔を背けた童くんが、わたしの隣から後ろに移動する。

「ねえ、童くん。童くんはいつから座敷童なの？」

もしよし子ちゃんがてまりさんのおばあさまの親族だったとしたら、童くんも元から座敷童と呼ばれるモノだったわけではないかもしれないと思ったのだ。けれど童くんは首を横にふる。

「覚えてない」

「初めから座敷童だった？」

「……それも、覚えてない」

少し寂しそうな声音で応じた童くんは、首を左右にふるばかりだ。

「何も思い出せない。気づいたら座敷童って呼ばれてた。何をしたらいいのかもわからないのに、座敷童って呼ばれて、家を豊かにして欲しいとか、勝手なお願いをされてた」

幼い声がふるえている。何を言えばいいのかわからずに、わたしは続けられる言葉を待つ。

「よくわからないけど、お願いされることは、嬉しかった。必要とされてるみたいで」

「うん」

わたしは相槌を打った。役立たずとか、いらないとか言われるのは辛いものだ。少なくともわたしは嫌だった。必要としてもらえれば、そこにいてもいいのだと安心できる。

童くんは口を閉ざしてしまった。わたしも何も言えないまま黙って歩き続ける。

そのまましばらく散歩を続けると、行く手に小さな祠が見えてきた。近づけば、表情がまったくわからなくなってしまった古いお地蔵さまが祀られている。古いけれど大事にされているようで、前掛は色褪せることなく鮮やかな赤色を保ち、お供え物も傷んではいない。

わたしはお地蔵さまの前にしゃがんで手を合わせた。お地蔵さまは道の神さまであると同時に、子どもの神さまだと聞いたことがある。てまりさんはこのお地蔵さまにとって、村の子どもなのではないかと思って、彼女の平穏を祈る。

そして目を開けると、お地蔵さまと目が合った。

「……！」

驚いて立ちあがりかけたわたしの隣ですあまが声をあげる。

「お、〝付喪神〟か！」

「付喪神？」

「長年大事にされたものに魂が宿って妖怪になるのだ」

すあまが言うと、お地蔵さまはまばたきをしてから笑った。

「見ない顔だ」

穏やかな老人の声だった。

「りょ、旅行中なんです。吾亦紅というお宿に泊まっています……」

「だからてまりのことを祈っていたのか？」

「……はい」

おずおずとうなずいて、わたしはじっとお地蔵さまを見つめた。長年ここにいるのであれば、このお地蔵さまはてまりさんのおばあさまのこともよし子ちゃんのことも知っているのではないだろうか。

「あの、お地蔵さまは、吾亦紅にいたよし子ちゃんという座敷童さんのことを知ってますか？」

「知っている。よう子の双子の姉だ」

「よう子……って」

知らない名前だったが、この流れで思いつくのはひとりしかいない。

「てまりさんのおばあさまのことですか？」

「そうだ。よし子は子どもの頃に死んだ。昔はこの道は街道で、あの宿は繁盛していた。だが街道は廃れ、客も減っていたというのに、あの宿は座敷童がいたおかげで永らえた。よし子は、座敷童となってずっとあの宿と妹を見守っていたのだ」

「よし子ちゃんは……」

そう呼んで、けれど「ちゃん」はふさわしくないような気がして言い直す。

「だからよし子さんは、妹さんと同じように年を重ねて、亡くなったら一緒に逝くことにしたのでしょうか？」

「知らん。だが、そうかもしれんな」

よし子ちゃんの考えは、よし子ちゃん本人にしかわからない。でも、もう会うことはないだろうから、確認をすることもできない。

「座敷童というのは、何なんでしょうか？」

「幼くして死んだ人間の子どもだ」

お地蔵さまの答えに、わたしは目をまたたいた。

「多くは、家族に殺された」

「え？」

「よし子は、あれは病だったが」

わたしは隣でびくりとふるえた童くんを見て、視線をお地蔵さまに戻す。

「殺されたって……？」

「昔は食い扶持を減らすために子どもを殺すなど、それほどめずらしいことでもなかった。だが大人とは勝手なもので、自分で子どもを殺しておいて、子どもに恨まれるのを恐れたのだ。だから殺した子に食べ物を供え、玩具を与え、生ける家族に災いを起こさぬように祀り、祈った。そしてその子どもたちは、家を守るモノにされた」

淡々と語られた内容は、たしかに昔はあったことなのだろうけれど、気分がいい話ではない。

すあまが後ろ脚で首の辺りを掻きながら、お地蔵さまに問いかける。

「座敷童がいるのは、生家なのか？」

「そうでもない。初めはそうかもしれないが、年月が経てば違う家に移りもする。座敷童は大事にすればしただけ幸運をもたらすものだ。大事にされれば自分が〝いらない子ども〟であったことを忘れられるのではないのか？」

問いかけられた童くんは、強ばった表情で一歩、二歩と後ずさり、首を左右にふった。

「嫌だ。思い出したくない！」

頭を抱えてしまった童くんをどうしたらいいかわからず、そっと肩に手を置く。しかしすぐに振り払われてしまった。

「俺はいらない子どもだった！」

ふるえながら叫んだ童くんに目を見張る。何も覚えていないと言っていたのに彼の目には怒りとも哀しみともつかないものが浮かんでいる。

思い出して——思い出させてしまったのだ。

童くんがふるえているのに、何もしてあげられず、わたしはただおろおろする。

「俺は父親に山に捨てられて、雪の中で死んだ！ 寒くて苦しくて辛くて、親も兄姉も恨んだ！ 俺を殺さないと生きていけないようなあんな家、なくなってしまえって思ったんだ！」

「童くん、落ち着いて！」

それはまだ幼い少年には辛すぎる現実だ。思い出させてしまったことを悔いる。忘れていたかったのも当然ではないか。

「でも……！」

ぼろぼろと、童くんの大きな目から涙がこぼれ落ちた。けれどそれは地面に落ちる前に消えていく。

「でも、お供えをしてもらって、大事にされれば、嬉しかった。俺のことを忘れてないんだって思うと、嬉しかった。恨まないでくれなんて勝手なことを言われても、忘れてないって言われれば、それだけで嬉しかった」

ぐすりと鼻をすすった童くんは、しゃがみ込むと膝に顔を埋めて続ける。

「俺はただ、忘れてほしくなかったんだ……」

気のきかないわたしには、力ない声を漏らす小さな背中を撫でることしかできなかった。

「でも、もう、俺のことを覚えている人なんていないし、俺だって、自分が生きていたことさえ忘れてた。親の顔も兄姉の顔も思い出せない。自分の名前だって、何も……」

童くんが生まれたのがいつだったのかわからない。でも小夏さんの話が事実なら、亡くなってから百年以上は経っている。記憶が薄れていってしまうのは仕方のないことだ。それにもしかしたら、自分が殺されたのだという事実など、忘れてしまいたかったのかもしれない。

「だから、仕方ないんだ。このまま消えてしまったって、もう、いいんだ」

「ごめん。ごめんね」

童くんに過去を思い出させようとしたわけではなかったけれど、結果的にわたしの質問がそのきっかけを作ってしまったのだ。

「ごめんね……」

「もう、いい」

童くんのつぶやきに、わたしは謝罪さえも口にできなくなってしまった。

お地蔵さまに別れを告げ、肩を落とした童くんとふたたび歩き始めた。目的もなく黙々と歩き続けた先の畑に、菊の花が咲いているのに気づく。少し離れた所で、おばあさんが畑仕事をしているのが見えた。

「あの、おはようございます！」

思い切って声をかけると、おばあさんは顔をあげて、怪訝そうな表情を浮かべた。

「えっと、わたし、向こうのお宿に泊まっている者なんですけど……」

収穫していた野菜を置いてゆっくり歩み寄ってきたおばあさんに、ぺこりと頭をさげる。

「このお花、少し売っていただけませんか？　宿のおばあさまにお供えしたくて」

「ああ、よう子ちゃんにかね。それなら……」

おばあさんはてまりさんのおばあさまの名を口にして、にこにこと笑って菊を何本も切ってくれた。

わたしが菊の花束を抱えて戻ると、ふたりで話し込んでいたてまりさんと小夏さんが目を丸くした。

「どうしたんですか、そのお花！」

駆け寄ってきた小夏さんが、花を半分持ってくれる。

「畑に咲いているのを売ってくださいって言ったら、おばあさんが『持っていきなさい』ってこんなに持たせてくれました」

「でも、どうしてお花を？」

てまりさんが首をかしげつつ広げてくれた古新聞の上に菊の花を置いて、事情を説明する。

「えっと、座敷童は小さい頃に亡くなった子どもだったって聞いて、だから、よし子ちゃんにお参りさせてもらおうと思ったんです。そしたらその畑のおばあさんが、吾亦紅に泊まっているなら、てまりさんのおばあさまには子どもの頃に亡くなった双子のお姉さんのよし子ちゃんがいるから、一緒にお参りしてあげてくれって」

「よし子ちゃん？」

「子どもの頃に遊んだことをまだ覚えてるよって伝えて欲しいって言ってました」

「おばあちゃんの、お姉さん？　よし子ちゃんが？」

花を分けていたてまりさんの手が止まった。

「はい。そのおばあさんの話では、凄く仲のいい双子の姉妹だったそうです。小さな頃には一緒に宿を継ごうって約束していたんですって。でもよし子ちゃんは病気で亡くなってしまって、てまりさんのおばあさまは一度はこの村を出ていったそうです。でもよし子ちゃんとの約束を果たすために戻ってきたんだって、教えてもらいました」

「わたし、全然知りませんでした。誰も何も言ってくれなかったし……」

そう言いかけて、てまりさんは首を横にふった。

「訊いてみたら、わかったことなのに、わたしが知ろうとしなかっただけですよね。よし子ちゃんは祖母の心の中にだけいる座敷童で、この世に生きていた人だったなんて、思ったこともありませんでした」

「そんなの普通じゃないですか？　わたしなんて、おばあちゃんの名前も知らないもん。おばあちゃんの兄妹に会ったこともないし、そういえばお兄さんがいるって聞いたことがあるようなないような……ってくらいですよ」

小夏さんの言葉にわたしもうなずく。わたしの祖父母は四人とも、わたしが物心つく前に亡くなっている。だから名前も顔も覚えていない。その兄弟姉妹ともなれば、いるのかさえ知らない。

「でもおばあさまは覚えていたのだから、たぶん、よし子ちゃんはそれでよかったんだと思いますよ」

菊を五束に分け、二束を仏壇用にして、残りの三束はお墓に供えるために水を満たしたバケツに浸けた。

案内された仏間で仏壇に花を供え、てまりさんと小夏さんと一緒に手を合わせる。飾られている写真の中でやさしいほほえみを浮かべる女性の顔は、リヒトミューレにやってきた座敷童さんにそっくりだった。

わたしの隣にやってきた童くんが、写真をじっと見つめている。

「ねえねえ、てまりさん。座敷童のお宿っていうのはどうですか？　座敷童自体を売りにするんじゃなくて座敷童がいそうな雰囲気というか」

小夏さんがくるりと仏間を見回す。そこは宿として解放している場所ではない。おそらくはもともとの造りに手を入れてはいないのだろう。天井や壁に古さを感じる。

「たしかになんて言うのか、この古い建物の雰囲気って、座敷童とか、妖怪がいそうって感じがありますよね」

わたしが同意すると、うんうんと小夏さんはうなずく。

「それに、田舎暮らし体験とか、最近はやっているじゃないですか。都会に疲れたわたしたちのような人を呼ぶんです。美味しいご飯とじっくり時間をかける生活を味わってもらうとか」

小夏さんの瞳はきらきら輝いていた。

「わたし、ここに来て思い出しました。わたしは旅が好きで、旅ができる仕事がしたいって思ってたんですけど、わたしが本当に好きなのは旅をすること自体じゃなくて、旅を楽しむことなんです。だからわたしが楽しいと思ったことをたくさんの人に体験してもらいたい！　そういう仕事がしたかったんです！」

小夏さんはリヒトミューレに転職の相談に来て、初心に戻るようにアドバイスされていた。アドバイスのとおり、小夏さんは初心を思い出したようだ。

「わたし、添乗員の経験は何年かありますけど、旅行の計画とかそういうのは素人です。でも、てまりさんの力になりたいし、相談に乗らせてください！」

宿を続けていく自信をなくしているてまりさんは、すぐには答えないのではないかと思ったけれど、彼女は祖母の写真を見て、それから小夏さんに目を向けた。

「そう、ですね。相談に乗ってもらってもいいですか？」

てまりさんはわたしに視線を寄越して目を細めた。

「さっき優凪さんの話を聞いて、祖母やよし子ちゃんのことを覚えてくれている人がいることが凄く嬉しかったんです。でもわたしが宿を辞めてしまったら、祖母のことも、祖母を支えてくれていたよし子ちゃんのことも、すぐに忘れられてしまうんだろうなって。そしたら、寂しくて、嫌で、だから、この宿を続けることでおばあちゃんのことを覚えていてくれる人がひとりでも多くなればいいなって思ったんです」

ぴくりとふるえた童くんの瞳に、よし子ちゃんに対する羨望が浮かんだ。童くんだってやっぱり忘れられたくないんだろう。

てまりさんは大きく息を吸って、膝の上で拳を握った。

「小夏さんが言ったように、よし子ちゃんはおばあちゃんの座敷童だったから、一緒にいなくなっちゃったのかもしれないですけど、それならそれでわたしの座敷童に来てもらえるように頑張ればいいんですよね！」

「そうですよ！　ほら、座敷童の話がある宿っていくつかあるし、わたしの勤め先にもそういう話があるくらいなんですから、座敷童ってたくさんいるんですよ。だから、きっとこの宿を選んでくれる子もいますよ！」

小夏さんが明るく笑う。それにつられたように、てまりさんもにこりとした。

「わたし、何故だか、この宿に座敷童が来てくれるとしたら、その子は男の子のような気がするんですよね」

「あ！　わかります！　きっとてまりさんを困らせるような元気な男の子ですよ。凄くいたずらされるかもしれないですね！」

「男の子だから……」

てまりさんは宙を見あげ、しばし考える。そして、

「孝太くん」

と口にした。

「孝行の孝に太いで、孝太くんって呼びます」

「孝太……」

見おろした童くんは頬を赤く染め、その名前をつぶやいて、嬉しそうに笑った。

「気に入ってもらえるといいですけど」

てまりさんは少し不安そうだったけれど、たぶん、童くんは気に入ってくれたことだろう。

真っ赤にした頬を膨らませて、ぷいと顔を背け、でも、

「まあ、この宿を見守ってやってもいいかな」

と言った。

てまりさんと小夏さんは、宿の今後について話している。

「仕事のパートナーなどとの出会いもあるかもしれませんね」

早乙女さんが小夏さんに言っていたパートナーとは、もしかしたらてまりさんのことだったのだろうか。

とにかく、うまくいきそうなふたり――いや、三人を見て、わたしはもう一度仏壇に手を合わせた。

Episode.04

あの人の願い

「明日はいつもより三十分早めに出勤してもらえますか？」

早乙女さんにそう言われたのは、昨日の出勤時だった。そして今日、何か用事でもあるのだろうかと早めにやってきたわたしの目に飛び込んできたのは、待合のテーブルに置かれた小ぶりなホールケーキだった。

「え、なんですか、これ？」

訊かなくても、イチゴと生クリームのケーキに置かれたチョコレートプレートには〝Happy Birthday YUNA〟と書いてあるので、わたしの誕生日ケーキに違いないのだけれど。

一緒に出勤したすあまが、椅子に飛び乗ってドヤ顔で見てくる。

「どうだ！　凄いだろう！」

「お誕生日おめでとうございます。今日でしょう？」

「今日ですけど」

だからと言って、職場の上司にあたる早乙女さんが、わざわざケーキを用意してくれる意味がわからなかった。

「美味しいと評判のお店から取り寄せたんですよ」

楽しそうな早乙女さんの言葉に、すあまが胸を張った。

「誕生日になんの予定もないなどとぬかしておったから、ケーキを用意してやったのだ！」

「すあまが買ってきたわけじゃないでしょ」

「吾輩が買うように言ったのだから、吾輩が用意したも同然ではないか！」

短い前脚を胸の前で組み、ふんふんと鼻先をつきあげるすあまから、早乙女さんに視線を移す。

「ありがとうございます。なんだかすみません……」

「いいえ。かまいませんよ。誕生日ケーキを選ぶなんて何年ぶりかな。ちょっとわくわくしました」

「わたしはこんな立派なケーキを買ってもらったのは初めてなので、ちょっと緊張します」

物心ついたときには母とふたり暮らしだったので、ホールケーキなんて食べきれなかっただろうし、家計的にも買う余裕がなかった。それでも母は毎年、三角にカットされたイチゴのショートケーキを買ってきてくれた。スーパーで二個入りで売っているようなケーキだったけれど、わたしにとってはご馳走だった。

「よし。ロウソクだ！　誕生日ケーキには年の数だけロウソクを立てるのだろう？　万里子は誕生日くらいと言って小さめの丸いケーキをいつも買っていたが、七十本も八十本も火をつけたら火事になると言って、数字のロウソクを立てていたぞ」

「入ってましたよ」

早乙女さんが手にした袋に入っているのは、二と四の形をした、それぞれ赤と黄色のロウソクだ。それを見て、ふと母の言葉を思い出した。

「ロウソクを吹き消しちゃ駄目よ」と。

いつだったか、誕生日のケーキにロウソクを立てたいと言ったときだ。テレビか何かで誕生日ケーキのロウソクを吹き消すシーンを見て、真似したかったのに、母にそれを止められたのだ。

「ロウソクは、いいです」

袋からロウソクを取り出そうとしていた早乙女さんが手を止める。

「そうですか」

少し残念そうに見えて、慌てて理由を告げる。

「母から、ロウソクは吹き消しちゃいけないって言われていたんです」

「誕生日の？」

「はい。縁起が悪いからって」

「仏壇のロウソクを吹き消してはいけないとはよく言いますけど、誕生日もですか」

わたしの部屋に仏壇はなく、両親と祖母の写真が飾ってあるだけだ。ロウソクや線香の用意はあるが、普段は立てない。それは母がいた頃もそうだったので、仏壇の決まりには詳しくなかった。

「何故ですか？」

「仏教では人の息は穢れとされるので、仏壇に祀られている仏さまに息を吹きかけるのは無礼な行為と言われます」

「そうなんですね」

「ですが、誕生日ケーキのロウソクを吹き消すのは、子どもにとって一大イベントだと思うのですが」

早乙女さんは不思議そうに、カラフルなロウソクを見やる。するとすあまが、ぽんと手を打った。

「そういえば万里子が聞いていた落語に、寿命のロウソクが出てくる話があったぞ」

「『死神』ですね」

すかさず応じた早乙女さんとすあまの顔を見る。落語はもちろん知っているけれど、聞いたことはない。その演目も当然知らなかった。

「どんなお話なんですか？」

「詳しい内容は省きますが、その話の中では人の寿命がロウソクで表されています。ロウソクの長さが寿命で、燃え尽きたら人は死んでしまう」

「吹き消すわけではないんですね」

「消えることには違いありませんが」

寿命と言われれば、思い出すのは早くに亡くなった父のことだ。母だって、長生きだったとはとても言えなかった。

「たしかに、そういう心配をしていたのかもしれないです」

ありえなくないと思ったのは、わたし自身もまた、死の危機に瀕したことがあったと聞いたことがあるからだ。

「わたし、記憶にはないんですけど、小さい頃に重い病気になって、生死をさまよったことがあるそうなんです。だから母はとにかくわたしが病気をすることが怖かったみたいです。母も身体を壊して昨年亡くなったんですが、亡くなる前はもう、本当に、わたしの身体のことばかり心配していました」

「お母さまの心配は親としてなんら不思議なことではありませんが、それをあなたが引き継ぐことはありません。健康に気をつけて毎日を送れば十分ですよ。病は気からと言うでしょう？　気持ちが弱ると身体も弱ってしまいます。お母さまもそんなことは望んではいないでしょうし、死ぬ日のことを考えて、毎日が楽しめないなんて損ですよ」

たしかにそうかもしれない。母のように五十歳を前にして死ぬとしても、いや、死ぬかもしれないのであればこそ、毎日を無駄にしてはもったいない。

「心配なら、ロウソクはやめておきますか？」

「いいえ。点けてください」

わたしの希望を確認してくれた早乙女さんに、首を横にふった。

「本当は、一度吹き消してみたかったんです」

わたしが笑うと、早乙女さんは取り出したロウソクをケーキに立てて、マッチで火を点けてくれた。

「伊藤さんからハガキが届いていますよ」

誕生日をお祝いしてもらった二日後、出勤してすぐに早乙女さんに言われて、わたしはカウンターに置かれたハガキを見た。吾亦紅の写真がプリントされたそれには、小夏さんからのメッセージが書き込まれている。

小夏さんは旅行会社を辞め、吾亦紅で働き始めたらしい。宿には新しいプランを求めてお客さんが来てくれるようになったと書いてある。最近はときどき食器の位置が勝手に変わっていたり、飾った花が増えていたりするそうで、本当に座敷童が来てくれたのかもしれないとのことだった。

青いインクで書かれた文字は、思わずほほえんでしまうくらい心弾むように可愛らしく、小夏さんの毎日が充実していることをうかがわせた。

「早乙女さんの占いのおかげだって書いてありますよ。初心に返ってよかったたって」

「嬉しいことです」

それだけでなく、そこにはわたしが背中を押してくれたからだとも書いてあった。たいしたことなど何もしていないのに。でも少しでも役に立てたのであれば、嬉しかった。

ハガキをカウンターの内側に飾る。そこには以前、栄さんがメールで送ってくれた写真もプリントアウトして飾ってある。誰かの笑顔やお礼の言葉が、仕事のやる気に繋がるなんて、知らなかった。

これはわたしにとって、大きな発見だった。

そしてその日は、これといって大きなできごとがあるわけでもなく、いつもどおりお客さんを迎えては送り出してを繰り返し、気分よく終わるはずだった。けれど、そろそろ帰り支度を始めようかと思った頃、隣に座っていた早乙女さんがふと顔をあげた。

「お客さまがいらっしゃったようです」

早乙女さんの視線を追うと、黒い影が扉をすり抜けてきた。光を受けて回るリヒトミューレの羽根が動きを鈍らせたように見えるほど暗い気配だ。

もやもやしていたそれが、形を取り始め、しばらくして黒いコートにフードを被ったシルエットが浮かびあがった。

早乙女さんがいつもの笑みを消す。

「〝死神〟さんがいらっしゃるとは、めずらしい」

「死神……？」

フードで顔が隠れたその黒ずくめの男性をちらりと見て、わたしは目を逸らした。

よく絵に描かれる死神のように、大きな鎌を持っているわけではない。でもあるはずの顔が黒い靄(もや)に覆われてまったく見えないのが不気味だった。まるでブラックホールのようで、魂を吸い取られてしまいそうな感じがする。

「今日はどういったご用件でしょうか？」

恐怖に唇が貼りついてしまったわたしの代わりに、立ちあがった早乙女さんが問いかけた。

ここへやってきたということは、何か知りたいことがあるのだろう。基本的に、ここへくるあやかしたちは、占いと称してわからないことを訊きに来ている。けれど早乙女さんは死神さんを占いの部屋に案内しない。まるで何を訊きに来たのか知っているかのようだ。

死神さんは腕を組み、睨めつけるように早乙女さんを見おろした。

「死期が来ても全然死なない人間がいる。いつ死ぬか占ってくれ」

顔は見えないが、にこやかな声で依頼された内容をわたしが理解するよりも早く、早乙女さんは首を左右にふった。

「何度もお伝えしていますが、人の生死については占わないんです」

どうやらこの死神さんは、過去にも早乙女さんに同じ依頼をしているようだ。

「そもそも、人の死に関しては、あなたのほうが詳しいのでは？」

早乙女さんに問われた死神さんは、はっと鼻で笑った。

「それこそ何度も言ってるだろ。最近の人間どもは、死期が来てもなかなか死なないのさ。お迎えリストじゃとうに死んでいるはずなのに、延命装置だなんだで身体が死なない。魂は、もう死んでる身体に閉じ込められてるわ、こっちはちっとも仕事が進まなくて困るわ、いいことなんてなんにもないじゃないか」

死神さんにとって、人の死はリストどおり坦々と迎えられなければならないものなのだろう。けれど人の気持ちはそうはいかない。心臓を動かし続ける方法があるならば、一分でも、一秒でも長く生きたい、生きて欲しいと願う人はいるに違いない。

わたしも母の延命を望むか望まないかの選択を迫られた。わたしは望まなかったが、母もそうだったかは訊いたことがなかったのでわからない。だから今でも書類にサインした日のことを思い出すことがある。

「なあ、そいつだけでいいんだ。占ってくれよ。もう何年も待たされてるんだから」

「そうですね」

カウンターに乗りあげて、甘えた声でねだる死神さんに、早乙女さんは目を細める。

「その方の死は占えませんので、あなたの未来をひとつお教えしましょう」

早乙女さんの端整な顔は、無表情になるとぞっとするほど冷淡に見えた。

彼は冷たい眼差しを死神さんに向けたまま続ける。

「あなたにお迎えが来ますよ」

ぎくりと死神さんは身を引いた。早乙女さんに未来を見る力があることを、彼も知っているのかもしれない。

「ああ、そうかよ。もう訊かねえよ！」

舌打ちをした死神さんは起きあがり、カウンターに背を向けかけて動きを止めた。

「おまえ……」

わたしの顔をまじまじと見た彼の声が笑いを含む。

「おまえ、まだ生きていたんだな」

くっくと喉を鳴らした彼は、カウンターに肘をついてわたしの顔を覗き込んだ。

「おまえの祖母を迎えに行ったのは、俺だ」

「え……？」

「よく覚えてるよ。あいつは俺の姿が見えたからな。迎えに行くたびに追い返されたもんだ。まったく口の減らない女で、寿命が来てるっていうのにちっとも死なかった」

彼が話しているのは、おそらく母方の祖母のことだ。でも祖母が亡くなったのは二十年も前のことで、わたしは写真でしか顔を知らない。それほど似ているわけでもないのに顔を見ただけでわかるのかと疑問もあるが、彼らのようなモノには何か繋がりが見えるのかもしれない。

彼はそこには見えない目でわたしを舐めるように見る。

「あのしぶとかった女の孫なのに、おまえの魂は相変わらず弱々しいな。せっかく延ばしてやった寿命が来る前に死ぬんじゃないのか？　今すぐにでも連れていけそうだ」

彼の言葉に顔から血の気が引いた。今彼は、寿命を延ばしてやったと言わなかったか？

「おまえの祖母にはずいぶん苦労させられたし、なかなか死なないヤツの代わりに、おまえの弱っちい魂を連れていこうかな」

「用が終わったのなら、早々にお帰りください」

早乙女さんの冷たい声に、死神さんはふいっと身を起こし、頭の後ろで腕を組む。

「はいはい。せっかく来たのに無駄足じゃないか。もう延命装置ってヤツを外しちまいたいよ」

物騒なことを言いながら、死神さんは来たときと同じように、黒い靄になって扉をすり抜けて消えていった。

ぼんやりと扉を眺める。

「気にすることはありませんよ」

「え？」

「先ほど言われたことです。彼はいつだってあんな感じで、彼の上司も手を焼いているのです」

「死神さんに上司とか部下とかあるんですか」

「彼らは天界における公務員のようなものですからね」

おかしな例えに、思わずふふっと笑う。でも心は落ち着かなかった。

「彼はあんなことを言っていましたが、一介の死神が寿命を操ることなどできません。まだ肉体に守られている魂に手を出すことも不可能です。だからこそ、彼はいつ身体が死ぬかここへ訊きに来たんです。彼らには迎えを拒む魂を無理矢理連れていくことさえできないんです。それができるのであれば、この世に留まっている魂なんていないはずでしょう？　先日いらっしゃった吾亦紅の座敷童さんがいい例です」

わたしはリヒトミューレに初めて来た日に、駅のホームで飛び込みかけたのを止めてくれた女性を思い出した。魂だけになってしまった彼女にだって、迎えは来ているはずだ。それでも彼女はあの駅に留まっている。

たぶん、飛び込んだことを後悔しているから。

あの日は、すべてを終わらせたいと思っていたけれど、今はもう、死にたいとは思わない。だから彼女には感謝している。

「ですから、彼の言葉など気にしないでください」

早乙女さんの言葉に、わたしは黙ってうなずいた。

白い髪に白い瞳、白い衣を纏った美しい姿のモノがリヒトミューレにやってきたのは、死神さんがやってきた翌日のことだった。

「おい、優凪。〝ヒルコ神〟が来たぞ！」

カウンターにぴょんと飛び乗ったすあまの言葉を繰り返す。

「ヒルコ神……さま？」

わたしはその美しい神さまを見てぽかんとしていた。早乙女さんの整った顔は、まだ人間の範疇だったのだなと、ぼんやり考える。ヒルコ神さまの顔は現実離れしていて、緊張で直視できないというレベルをも超えていた。

固まってしまったわたしとは違い、すあまはけろりとしている。

「ヒルコ神を知らんのか？　ヒルコ神といえば、日本の国土を作った伊邪那岐命、伊邪那美命の最初の子ではないか。つまり、伊勢神宮に祀られている天照大神の兄にあたるのだぞ。無礼なやつめ」

「知らずとも仕方ない。私は障りがあった子であったため、産まれてすぐ海に捨てられたのだから」

現代日本で考えればとんでもない話だが、ヒルコ神さまは淡々としている。神話の時代ではさほどめずらしくもなかったのかもしれない。

奥の部屋から、来客に気づいたらしい早乙女さんが顔を出した。早乙女さんは格好いいが、血の通った人間の顔だ。初対面で直視できなかった顔に、今ではほっとする。

「占いにいらしたのですか?」

早乙女さんに問われたヒルコ神さまがうなずいた。

「知りたいことがあるのだ」

もの哀しげに白い眉をひそめるヒルコ神さまを、早乙女さんは占いの部屋へ案内して席を勧めた。眼差しで呼ばれて、わたしも同席させてもらう。

「どのようなことでしょうか?」

「私には長年、見守っている少年がいるのだ。偶然誕生に居合わせた少年だ」

ヒルコ神さまは白いまつげをふるわせて目を伏せた。

「彼は誕生と同時に母親を亡くし、産まれてから一度も目覚めたことがない。一年ばかりは父親も会いに来ていたが、ただ眠り続けるだけの子どもに会いに来ることはなくなった。今はもう、病室のベッドにひとりきりになってしまった。そんな子だ」

テーブルの上でヒルコ神さまの白く細い指が固く組まれた。

「私は産まれてすぐに、両親の手によって海に流された。その少年もまた捨てられたのだ。もしかしたら、私が居合わせたばかりに、そのような運命を背負わせてしまったのかもしれない」

ヒルコ神さまは、どうやらその男の子に自分を重ねあわせるだけでなく、少年の不運は己のせいであるかもしれないと思っているのだ。

「だが、もし生まれたのがあと十年早かったら、おそらく母と共に死んでいただろう。医療の進歩は著しい。喜ばしいことだ」

白い唇が曲線を描く。

ヒルコ神さまの話に、死神さんの依頼を思い出した。

死神さんは人が寿命より長く生きることが迷惑そうだった。でもヒルコ神さまは正反対の考えを持っているようだ。

「もちろん私は、一日でも長く彼がこの世に留まることができればいいと思っている。だが天命が尽きて五年、さすがに幼い身体はもう持ちこたえられない。だから最後に、一度も目覚めたことも、親の腕に抱かれたこともないあの子の願いを叶えてやりたいと思うのだ。しかし私には、人の子がどのようなことを願うのかわからない」

人の願いなどという漠然としたものを占いで知ることができるのだろうかと、早乙女さんをちらりとうかがえば、彼も少し考え込んでいるようだった。

「難しい質問ですね。人の望みはそれぞれ違いますから」

しかも一度も目を覚ましたことがないその子が、この世のことをどれくらい知っているのか、わたしにも、きっと早乙女さんにもわからない。

カードの束を指先で撫でていた早乙女さんは手を止めた。

「アドバイスを訊いてみましょう」

早乙女さんは落ち着いた様子でカードを混ぜ始める。いつものように束を三つに分け、今回は自らの手でひとつにまとめた。

真剣な表情で選びだされた一枚がテーブルに置かれる。

「〈女帝〉です」

森を背に、ゆったりと椅子に座る女性が描かれている。若さや繊細さではなく、母性や包容力を感じさせる。

「〈女帝〉は実りの豊かさや、命のサイクルを表すカードです。つまり、母親を意味しています。母性的な愛情や、やさしさが求められているという意味です」

「だが、あの子にはもう母はいない。母の代わりになる者もいないのだ」

「もう一枚引いてみましょう」

早乙女さんは手の中でカードを繰り、慎重に一枚を抜き出した。

「〈カップの6〉です」

六つのカップには花が入っていて、そのうちのひとつを、男の子が女の子に渡している絵だ。

「これは、子どものような無邪気さのカードです。子どもの頃の懐かしい思い出がヒントになるというアドバイスです」

「二枚を合わせると、子どもの頃にお母さんやお父さんにしてもらって嬉しかったこととかですか？」

眠り続けているという男の子には親と過ごした思い出はない。だから本来、それを求めることもできないはずだ。

ヒルコ神さまがわずかに眉を寄せた。

「私は、親に捨てられた。そのような思い出はない」

わたしは早乙女さんと視線を交わし、自分の子どもの頃の記憶をたどった。先に早乙女さんが口を開く。

「うちの父は家庭を顧みない人でしたから、子どもの頃の思い出と言えばもっぱら母と過ごした時間ですが……、私は保育園に迎えに来てもらえるのが嬉しかったです」

わたしもぼんやりと、母が迎えに来てくれたときのことを思い出した。

「わかります。うちは父がいなかったし母も忙しくて、なかなか迎えに来てもらえなかったから。いつもひとり残って待ってるのが寂しくて、迎えに来てくれた母を見るのが凄く嬉しかったです」

でも、今まで病院から一歩も出ることなく眠り続けている少年にとって帰る家はその病室なのだ。

早乙女さんが首をかしげる。

「あとは、運動会や遠足のお弁当とか。好きなものばかり入れてくれました。けれど、食事は無理ですね」

「わたしは夏休みに、なんとか取ってくれた休みで旅行に行ったのも嬉しかったです。でも、ベッドの上でも体験できるようなことじゃないと……」

「それなら、うちの母親はよく歌を歌ってくれましたよ。母は歌がうまかったので。私はからっきしですが」

絵が下手な早乙女さんは、どうやら音楽も苦手なようだ。

「わたしは絵本を読み聞かせてもらいました。あまり買えなかったから、図書館で借りてきて、毎晩ちょっとだけ読んでくれたんです。今から思えばたぶん忙しくて、その時間も惜しかったんじゃないかと思いますけど、それが当たり前のことだと思っていたなんて、贅沢な子どもですね」

「それでいいんじゃないですか、子どもは」

幼い頃から、親がいて育ててくれることが当たり前のことではないなんて、気づかずにいられるならそのほうがいい。いつかは知ることになるのだ。

母が絵本を読んでくれた声はもう思い出せない。でも、その時間が毎日楽しみで、とても幸せだったことは覚えている。

人の記憶は、まず声から失われるのだと聞いたことがある。それなのに、最期まで届くのもまた声なのだという。

「声だ……」

つぶやいて、早乙女さんを見た。

「母が亡くなるとき、看護師さんたちに『意識がなくなっても、最期まで耳は聞こえているから、話しかけてあげて』って、言われました」

「たしかに、看護師たちは眠っているあの子によく話しかけている」

ヒルコ神さまがうなずいた。

「あの子の父親も、まだ様子を見に来ていた頃、絵本を読んでやっていたことがあった」

会いに来なくなってしまったことばかりに意識を向けていたが、男の子の父親も一年くらいは顔を見に来ていたのだ。

「絵本を、読んでやってくれないだろうか」

「わかりました」

ヒルコ神さまの言葉にうなずいた早乙女さんへわたしは目を向けた。

「あの……早乙女さん。それ、わたしが読んであげてもいいですか？　男の人のほうがいいでしょうか」

急な申し出に驚いたのか、早乙女さんの眼差しがヒルコ神さまをうかがう。ヒルコ神さまはわたしを見て顎を軽く引いた。

「あの子は母親を知らない。母のように、女子の声で読んでもらえるのも、いいのではないかと思う」

「では、優凪さんにお願いしましょう」

わたしはヒルコ神さまと向き合った。

「子どもの頃、母に読んでもらった絵本を図書館で探してきますね」

わたしが言うと、ヒルコ神さまは美しいほほえみを浮かべて、深く頭をさげた。


約束の日、わたしは緊張しながら早乙女さんと一緒に病院へ向かった。彼の知り合いだという看護師さんに案内されて、病棟の奥にある寂しい個室へ入る。

すあまは今日は留守番だ。病院は万里子さんとの別れを思い出すらしい。わたしも母を見送ったから、その気持ちはわかった。

早乙女さんは病室の入口で足を止め、ふり返ってわたしにひとつうなずく。彼の眼差しに勇気をもらって目を向けたベッドで、チューブに繋がれて眠っているのは、小さな男の子だ。会ったこともなかった、本来ならばその存在を知ることもなかった子だ。でも知ってしまったからには、わたしにできることがあるのであれば、してあげたいと思った。

男の子はおそらく同じ年の子よりもずっと小さく痩せていて、子ども特有のふっくらした頬の丸みもない。彼は生まれてから一度も目を開けたことがなく、この先も目を覚ますことなく命を終えるのだ。

そのベッドの枕辺に、ヒルコ神さまが座っている。きっと、ずっとそうやって、この男の子を見守ってきたのだろう。

わたしはベッドの傍に置かれた椅子に腰をおろした。

幼い頃わたしが入院していたときも、母はこうして絵本を読んでくれていたのかもしれない。とても心配してくれていたのだろう。回復後も誕生日ケーキのロウソクを吹き消すことを恐れるくらいに。

わたしは持ってきた絵本を広げた。男の子がお母さんと散歩をする話だ。アパートの部屋ですあまを相手に何度も朗読した文章を、ゆっくりと読み始める。

　春のお天気の日はお日さまが温かくてまぶしくて、あちこちで咲いているお花も嬉しそうに揺れている。つんだお花をお母さんにあげると、とても嬉しそうに笑ってくれる。

　梅雨の雨降りは、黄色い長靴を履いて出かける。道端の雑草も水滴をつけてきらきら輝き、カエルさんやカタツムリさんも楽しそうに見える。わざと水溜まりに飛び込んでぱしゃぱしゃと水をはねさせ、お母さんを困らせる。

　秋はたくさんのトンボが飛んでいて、夕焼けの真っ赤な空が怖いくらい。夏には緑だった木々の葉っぱも赤や黄色に色を変えて、ひらひらと降ってくる。お母さんと一緒に落ち葉をたくさん拾って帰った。

　冬に雪が降ると、白い地面に足跡が点々と残る。雪だるまを作って真っ赤になった手で繋いだお母さんの手は、いつもより温かかった。

　なんてことない日のお話。でもたぶん、男の子は体験したことのない日の話だ。

　眠る男の子がわたしの声に反応することはない。それでもわたしはその青白い顔に声をかける。

「もう一回読もっか。わたしはね、雨の日のお散歩も好きなんだ。雨降りって嫌がられることも多いんだけど、結構楽しいんだよ。どのお散歩をしてみたい？」

わたしはもう一度、絵本を声に出して読んだ。

わたしもしたことがあるはずの母との散歩と、そのときの他愛のない会話を思い出そうとしたけれど、できなかった。ただ、手を繋いで歩いたそのときが楽しかったことだけしか覚えていない。でも、そんなものだろうとも思う。

わたしの長靴は赤だっただろうか、黄色だっただろうか。忘れてしまったことが、少し惜しい気がした。


「世話になったな」

病院で男の子に絵本を読み聞かせてから数日後、リヒトミューレにやってきたヒルコ神さまは、男の子の手を引いていた。絵本を読んでいるときもまぶたをあけることのなかった少年は、今は目をパッチリ開き、店内をきょろきょろと見ている。光を跳ね返すリヒトミューレに瞳を輝かせ、足下にすり寄ったすあまを恐る恐る撫でる姿は、年相応の少年に見えた。

彼がここにいるということは、おそらくその身体はもう、鼓動を止めてしまったのだろう。男の子が好奇心に覆われた明るい表情をしていることが救いだった。

「ほら、この間、絵本を読んでくれたお姉さんだぞ」

ヒルコ神さまに背中を押されて、男の子がおずおずとわたしを見あげた。そしてはにかむように笑う。

「お、おねえ、さん。えほん、ありがと……」

彼は恥ずかしそうにそれだけ言って、ヒルコ神さまの後ろにぴゅっと隠れてしまった。けれどそれだけで十分だった。

「わたしこそ、聞いてくれてありがとう」

ここで働き始める前は、人にお礼を言われるようなことが自分にできるなんて思ったこともなかった。あの夜、電車に飛び込んでいたら、こんなふうに心がふわりと温かくなることを知ることもなかっただろう。

すべて、ホームの女性が止めてくれたおかげだ。

「この子は、私が天界へ送っていこう」

「よろしくお願いします」

頭をさげた早乙女さんにそっと問いかける。

「天界って、空の上にあるんですか？」

「ここではないどこかだ」

答えたのはヒルコ神さまだった。あいまいな答えだが、おそらく人間がそれ以上知る必要がないことなのだろう。

「ばいばい」

わたしが手をふると、男の子もぎこちなくふり返してくれた。

けれど、ヒルコ神さまが男の子の肩を抱いてリヒトミューレを出ていこうとしたとき、黒い靄が扉をすり抜けてくる。

「待てよ！」

現れたのは死神さんだった。ヒルコ神さまの前に立ちはだかり、男の子を指さす。

「そいつの魂は俺が連れていく！　何年待ったと思ってるんだ！」

どうやらこの男の子が、死神さんが迎えにいっていた相手だったようだ。

ヒルコ神さまは動じた様子もなく死神さんを見おろした。

「おまえにとって、十年も二十年も、そう大した時間ではないだろう。たった五年で何を騒ぐ必要がある？」

「そいつのおかげで、俺は全然ノルマを達成できなかったんだ！」

「くだらん。知ったことではない」

ヒルコ神さまに相手にされず、死神さんは男の子へ手を伸ばす。

「おい、おまえ！　こっちに来い！」

「や、やだ！」

衣にしがみついた男の子を、ヒルコ神さまは抱きあげた。

「いい加減にしろ。ただ連れていくだけなら、おまえである必要はない」

「はっ！　捨てられた神が偉そうに！」

ヒルコ神さまの目が細められた。ぞっとするほどの威圧感に後じさったわたしを早乙女さんが支えてくれる。

死神さんも口をつぐんだ。それ以上何か言おうものならば、天界へ戻ることさえ二度と叶わないのではないかと思うほどの圧力だ。

「さあ、行こう」

ヒルコ神さまは男の子にほほえんで、わたしと早乙女さんに頭をさげた。

「世話になった」

一言残し、ふたりの姿は霞のように消えた。まるで初めから何もいなかったみたいに。

けれどわたしの膝にはまだ力が入らない。

手も足も出なかった死神さんが、悔しそうに拳をふった。彼のまとう気配が暗くなったような気がする。

「くそ！　なんなんだよ！」

地団駄を踏み、死神さんはわたしに指先を突きつける。

「おい、おまえ！　あいつが駄目なら、おまえを連れていってやる！」

「な、なんでわたしが……！」

突然矛先を向けられて動揺したわたしの口はうまく回らなかった。早乙女さんの背中がわたしを庇う。

「そんな馬鹿げたことが許されると思っているのですか？」

「どけ！　そいつはとうの昔に死んでるはずだったんだ！　あのガキの埋め合わせに、そいつの魂を連れていくことの何が悪い！」

その言葉に目を見張り、わたしは早乙女さんの腕にすがって、彼の背中から顔を出した。

「死んでるはずだったって、わたしが……？」

「お気楽なことだな！　二十年前、生死をさまよったことがあるだろう？」

死神さんが鼻で笑って両腕を広げた。

「おまえの祖母のあの女は、孫が元気になるのを見るまで絶対に死ねないと言って、寿命が尽きてもしぶとくこの世に留まってやがった。だから取り引きを持ちかけたんだ。孫の寿命を延ばしてやろうってな」

血の気が音を立てて引いていくのがわかった。そんなことはできないと早乙女さんは言っていた。でも死神さんの話はいかにもありえそうだった。

「それでおまえの寿命を延ばし、あの女は約束どおり死んだ」

「聞いてはいけません」

「寿命を延ばした……？　そんなの、どうやって……？」

早乙女さんに制止されたが、訊かずにはいられなかった。

「そんなの簡単だ。おまえの両親から寿命を奪ったのさ」

飛びだそうとすると、早乙女さんに腕をつかまれる。

「優凪さん！」

「じゃ、じゃあ、お父さんが早くに亡くなったのは……」

「おまえのせいだ！」

「優凪さん！　聞いてはいけません！」

「……お母さんも？」

「当たり前だろ？　おまえの両親が早々に死んだのは、おまえが命を奪ったからなんだ！」

けらけらと笑う死神さんに舌打ちした早乙女さんが、わたしの前に回り込み、両腕をつかんだ。わたしの目を見つめる眼差しは真剣だった。

「優凪さん、彼はあなたの心を弱らせて、自ら死へ向かわせようとしているんです」

「で、でも……」

「なんだよ。俺が弱らせるまでもないだろ？　電車に飛び込もうとしたことを俺が知らないとでも思っているのか？　延ばしてやったところで、結局おまえはもともと定められた寿命に引きずられて、長く生きることなんてできないのさ」

たしかにわたしは生きることにあまり前向きではなかった。子どもの頃は学校で誰とも関わらないように、ただ時間が早く過ぎてくれるのを待った。社会人になってからは生きている意味さえ失っていた。死んでいないから生きている。そんな毎日だったのだ。

死にたいわけではなかった。でも、生きたいわけでもなかった。――いや、死にたいわけではないと気づいたのは、ホームから飛び込む寸前だった。血まみれのあの女性のおかげで気づいたのだ。

わたしは、生きたかったのだと。

「今すぐその魂を渡せ！」

死神さんが腕をふりあげた。けれど、それがふりおろされることはなかった。

「いい加減になさい」

死神さんの腕をがっしりとつかんで止めたのは、同じく黒いコートを身にまとい、フードを目深にかぶったモノだった。

死神さんはぎくりとして彼をふり返った。早乙女さんは新たにやってきた死神さんを見て、わずかに目元を緩める。

「ほら、お迎えが来ると言ったでしょう？」

先日、早乙女さんが言った言葉は、なんの比喩でもなく、本当に迎えが来るという意味だったようだ。

「彼は先輩死神で、上司でもあります」

どうやらやってきたのは、数日前に話していた死神さんに手を焼いているという上司らしい。

先輩の纏う怒りの気配に、死神さんが呻く。

「なんであんたがここに……」

「あなたがここに来るなど、ろくな用事ではないだろうと思っただけですよ」

欠片も信用がないらしい死神さんが、不満げに鼻を鳴らした。

「詭弁を弄して人を惑わせてはならぬと、何度言えばわかるのですか」

冷たい声音で後輩を叱った死神先輩は、深々と頭をさげた。

「彼の指導者としてお詫び申し上げます。彼はいつも思いどおりにならぬとなると虚言を弄して魂を天界へ連れていこうとするのです」

わたしは部下のために頭をさげる上司を初めて見た。逆はいくらでも見たことがあったけれど。

それだけで彼を信じてもいいと思えた。

「まったく、人間であれば二十年は赤子が大人になるのに十分な時間だというのに、おまえは何も学んでいない」

「でもそれは……！」

言い訳をしようとした後輩を、死神先輩はひと睨みで黙らせる。

「二十年前にも言いましたよね？　一日でも早くと焦るあまり、孫を思う祖母の想いを利用するなど、恥知らずにもほどがあると。幼子の寿命を延ばすと嘘をつき、寿命が尽きていたとはいえ、まだ生きようとしている魂を身体から無理矢理引き剝がした。あのとき、もう二度と同じことを繰り返すなと言ったはずです」

死神先輩の言葉に、わたしは早乙女さんの腕から一歩踏み出した。

「それは、わたしの祖母の話ですか？」

死神先輩は浅くうなずく。

「あなたはかつて、たしかに生死の境をさまよっていましたが、まだ寿命ではありませんでした。あなたのおばあさまを騙さずとも、数日待てばあなたは回復したのです。それまで待てば、あなたのおばあさまは満足して旅立たれたでしょう」

「わたしの寿命が、両親から奪ったものだというのは……」

「でまかせです」

わたしは死神さんに目を向けた。あんなにもっともらしくペラペラと話していたくせに、彼はそっぽを向いてこちらを見ようともしない。

ふつりと怒りが湧いた。怒りの抱き方さえ忘れてしまっていたのに。

「あなたの魂はたしかに弱々しい。でもそれは、あなたの寿命を無理に延ばしているからでも、あなたの寿命が短いからでもありません。ただあなたが、両親のように長く生きられないのではないかと不安に思っているからです。あなたの寿命はまだ残っています。そんなあなたの魂を連れていくことなど許されない。そんなことをすれば、彼は死神と呼ばれるモノではなくなるでしょう」

「じゃあ、それだけの覚悟を持って、わたしを騙して魂を奪おうとしているんですね？」

わたしはぎゅっと拳を握った。

「一度、経験させてみればいいんです」

これまで、こんなにはっきりと言葉を口にしたことなんてなかった。怒りも哀しみも呑み込んできた。でも、今はそうするときではない。

わたしは死神さんへ歩み寄り、その靄に隠された顔を覗き込む。彼のコートの襟をつかみ、黒くて底の見えない顔を見つめた。

「あなたの存在を懸ける覚悟があるのなら、わたしの魂を連れていってみなさい」

死神さんが後ずさる。わたしはそれに合わせて踏み出す。

「でも、わたしは、生きます」

たとえそれが短いかもしれなくても、かつて祖母が願ってくれた命を、あの日、駅で助けてもらった命を、早々に手放したりはしない。

「絶対に、生きます！　あなたみたいなモノに負けたりしません！」

「クソ……！」

言い切ったわたしを見て、死神さんが毒づいた。だけど続けられる言葉はなかった。

死神先輩はくっくと笑い、そっとわたしの手に触れて、死神さんの襟から外す。

「あなたの勝ちですよ。まあ、勝負事でもありませんが」

わたしの手の甲をぽんぽんと撫でるように叩き、やさしくおろしてくれる。

「それだけ生きる気力があるならば、魂の炎も力強く輝くことでしょう」

顔が見えたら、彼はにこりと笑っているのかもしれない。

死神先輩は後輩の頭をつかんで押しさげた。

「あなたにはご迷惑をおかけしました。こいつは反省のためにしばらく謹慎させます」

死神さんたちにとってのしばらくが何年間のことかわからないけれど。

「できればわたしのお迎えは別の死神さんにしてください」

「善処します」

真面目にうなずいた死神先輩が顎の辺りを撫でる。

「人の世はほんの十年前と比べてもずいぶんと変わりました。天界も地上に合わせて迎えのタイミングを考え直すときなのかもしれませんね」

「あの……っ！」

思案げにつぶやきつつ去ろうとした死神先輩を慌てて呼び止める。

「ひとつ、訊いてもいいですか？」

ふり返って軽く首をかしげた彼に、わたしは思い切って問いかけた。

わたしはこれまで避けていた、以前勤めていた会社への通勤に利用していた駅へやってきた。あの晩わたしを止めてくれた女性を捜せば、彼女は駅の隅からホームを眺めている。

　そっと近づき、声をかける。

「こんばんは」

　血に濡れた髪を顔に貼りつけた女性は、人の流れをじっと見つめたまま動かない。あの晩もきっと、彼女はこうしてホームを眺めていたのだろう。

　反応がないことにかまわず話し続ける。

「ここのホームから飛び込もうとしたとき、止めてくださったお礼を伝えたくて来ました。ありがとうございます」

　女性の眼差しが、ゆっくりとわたしに向けられた。半分つぶれてしまった顔の、血を流す目を見返し、わたしは頭をさげた。

「本当は天に昇るのが魂としては正しいのかもしれませんし、あなたも楽になれるのかもしれません。でもわたしは、あなたがここにいてくれたおかげで今も生きています。だからこれは、わたしの勝手なお願いなんですけれど、もしもまだ未練があって、この駅に留まるなら、この駅の守り神になって、わたしみたいな人をひとりでも多く救って欲しいんです」

自ら命を絶ったくらいだ。もしかしたら、彼女に救いの手を差し出してくれなかった他人なんて、憎んでいるかもしれない。わたしを助けたのだって、ただの気まぐれだったのかも。

（でも、本当に助けようとしてくれていたのなら……）

わたしの身勝手な頼みに目を見張った女性の、血に濡れた姿がぼやけだし、緩やかに輪郭を変え始めた。

ホームの片隅で暗がりを見つめる怪しい女に見えようと、わたしは目を逸らすことなく待った。劇的に変化していく姿を黙って見守る。

次第に形をはっきりさせてきた彼女は、白い着物と袴の、巫女のような姿に変化していた。癖のない黒髪は艶やかで、涼しげな目元が美しい。静かな光をたたえた瞳がわたしを見つめる。

その姿は神々しかった。

やはり彼女は、わたしなんかよりずっと綺麗な女性だった。

以前、早乙女さんから聞いた言葉を思い出す。

「妖怪や神と呼ばれるモノの多くは、もともとはなんらかのエネルギーなんです。肉体を失った魂も、エネルギーでしょう？　だから、名を与えられれば妖怪にでも神にでもなれます」

彼女はわたしが願ったことで、魂を変容させたのだろう。ホームの暗がりが、今は神の祠のように明るく清らかに見える。

光は力になる。早乙女さんがリヒトミューレを見つめながら言っていた。彼女の放つ光が、誰かの一歩踏み出す力になればいいと思う。

昨日、リヒトミューレを去ろうとした死神先輩に訊いたのだ。

電車に飛び込んで亡くなった女性の魂には迎えはないのかと。

「ありますよ。病気でも事故でも自死でも、我々は等しく迎えに行きます。ただ、無理矢理連れていくことはできませんから、その場から動きたがらない魂や、縛りつけられて動けなくなった魂は連れていくことを半ば諦めていますが」

「じゃあ、その魂は、どうなるんでしょうか？」

「そうですね。魂は四百年もすれば消えていきます。ただ、中には姿形を変えて、妖怪や神と呼ばれるものとして地上に留まるものもあります。そうなれば、もう我々の管轄ではなくなりますから、本人が望むときに、自らその場を離れることになるでしょう」

わたしは駅の守り神になった女性を見あげた。

彼女を守り神たらしめるのがわたしの願いであるならば、定期的にここに通うつもりだし、この駅には守り神がいるのだと噂を流してみるのもいいかもしれない。そしていつかずっと先に、わたしが寿命をまっとうしてお迎えが来たときには、一緒に逝かないかと誘ってみるのはどうだろうか。

そんなことを考えながら、わたしは神々しいほほえみを浮かべる彼女の姿に手を合わせ、もう一度、

「ありがとう」

と繰り返した。そして身をひるがえし、駅の出口へ足を踏み出す。

「用事は終わったのか？」

「うん」

鞄から顔を出したすあまにうなずいて、今日もリヒトミューレへ向かう。

きらきら輝くガラス玉と笑顔の早乙女さんが、いつものように出迎えてくれるだろう。

この物語はフィクションです。
実在の人物、団体等とは一切関係がありません。
本作は、書き下ろしです。

さとみ桜先生へのファンレターの宛先

〒101-0003　東京都千代田区一ツ橋2-6-3　一ツ橋ビル2F
マイナビ出版　ファン文庫編集部
「さとみ桜先生」係

占い館リヒトミューレ

2022年1月20日　初版第1刷発行

著　者　さとみ桜
発行者　滝口直樹
編集　山田香織（株式会社マイナビ出版）
発行所　株式会社マイナビ出版
〒101-0003　東京都千代田区一ツ橋2丁目6番3号　一ツ橋ビル2F
TEL 0480-38-6872（注文専用ダイヤル）
TEL 03-3556-2731（販売部）
TEL 03-3556-2735（編集部）
URL https://book.mynavi.jp/

イラスト　漣ミサ
装　幀　木下佑紀乃＋ベイブリッジ・スタジオ
フォーマット　ベイブリッジ・スタジオ
DTP　富宗治
校　正　株式会社鷗来堂
印刷・製本　中央精版印刷株式会社

 ISBN978-4-8399-7759-7
Printed in Japan

Fan
ファン文庫

神様の用心棒
うさぎは梅香に酔う

著者／霜月りつ
イラスト／アオジマイコ

友との別れの地へと足を向ける…。
大人気和風ファンタジー待望の続編！

時は明治——戦で命を落とした兎月は修行のため宇佐伎神社の用心棒として蘇り、日々参拝客の願いを叶えている。これまでの思いに踏ん切りをつけるため、ひとり五稜郭へ向かう。

百物語先生ノ夢怪談

不眠症の語り部と天狗の神隠し

著者／編乃肌
イラスト／ＴＡＫＯＬＥＧＳ

怪談師・百物語レイジとともに霊がもたらす
謎を解き明かすオカルトミステリー

姉の神隠し以来、霊が視えるようになった二葉。
怪談師・百物語とともに神隠しの真相を解き明かす
オカルトミステリー

Fan
ファン文庫

能楽師　比良坂紅苑は異界に舞う

著者／木犀あこ
イラスト／斎賀時人

魂を浄化する力をもつ能楽師と大学院生が
幽霊のかかえる謎を解く美しき幽霊譚

恋人に自死したと伝えてほしいと頼む男の霊、別の人物の腕をもつ異形の霊、同じ松が生えている対岸の家を見つめる老人の霊……彼らが抱え込んでいる想いとは？

Fan
ファン文庫

あやかしトリオのごはんとお酒と珍道中

幻月夜のひと騒ぎ

著者／桔梗楓
イラスト／冬臣

ファン文庫人気シリーズ『河童の懸場帖』のスピンオフ第二弾！

麻里の誕生日にプレゼントを渡さないと言う河野に朋代がプレゼントを渡すべきと説得し、一緒にプレゼントを選びに行くことに…!?

Fan
ファン文庫

陰陽師学園
おちこぼれと鬼の邂逅

著者／三萩せんや
イラスト／京一

学園のおちこぼれが立派な陰陽師
になるために奮闘する学園ファンタジー！

陰陽師の素質を持つ子どもたちが集う学園に入学することになった灯里。彼を待ち受けていたのは——最強の陰陽師による特訓だった!?